CET HORRIFIQUE OUVRAGE

ou la curieuse disparition de Luc Zilch

Couverture et iconographie :
Alain Cournoyer / alaincournoyer.com

Crédit couverture : peinture de l'autrice *« Les vieilles fées »*

4 Impasse des Terres Muniers – 71570 La Chapelle de Guinchay
astrebleueditions@laposte.net
http://lastrebleu-editions.fr

ISBN : 978-2-490021-23-9
Collection Ombres
ISSN : 2557-4981

Dépôt légal : Décembre 2021

Pascale Expilly

Cet horrifique ouvrage

ou la curieuse disparition de Luc Zilch

Collection Ombres

L'Astre Bleu Éditions

1

Lundi 5 octobre

Depuis quelques jours, la commissaire Pénélope Marge devait saisir les montants de la portière pour s'extirper de la voiture.

Un peu plus de cinq mois qu'elle se soumettait au même rituel chaque matin. Dès le saut du lit, elle courait vers la salle de bains, levait l'abattant des WC, plongeait la tête vers la cuvette, constatait que celle-ci ne sentait vraiment pas assez la javel… Alors, elle se laissait submerger par le hoquet nauséeux qui ravageait tout son corps et qui se répliquait et se répliquait encore jusqu'à ce que le goût de la bile lui pique l'œsophage.

Chaque jour depuis bientôt cinq mois, elle était sûre que la peau de son ventre ne s'étirerait pas plus.

Et comme chaque matin depuis cinq mois, Paul accourait avec une grosse tranche de pain toastée, posée sur une petite assiette. Pénélope, exténuée par le combat quotidien avec ses hormones, pouvait alors caler son estomac et commencer sa journée.

2

Vendredi 18 septembre (Dernier acte)

L'emballage avait dû protéger un frigo... dans une autre vie.

Il paraissait maintenant incongru dans l'univers high-tech de ce quartier tout neuf. Il était posé là, au pied de l'Yconique, entrelacs de métal et de verre qui allait accrocher le ciel à presque soixante-dix mètres.

Le paquet avait été délicatement déchargé près de l'entrée. L'adresse et le nom du destinataire étaient bien en évidence, à hauteur de regard.

L'odeur malsaine du durcisseur synthétique était devenue un parfum incertain qui suintait à travers le carton. Il avait fallu s'équiper d'un masque pour passer cette cochonnerie de résine. Cela en valait la peine. La sculpture était maintenant uniformément brillante, imputrescible et hautement inflammable...

L'œuvre emballée était presque arrivée à destination... pour quelques heures de gloire.

3

Lundi 5 octobre

Ce matin, Pénélope se dit une fois encore qu'un gros 4X4 bien haut sur ses roues serait plus confortable que sa Fiat 500 électrique.

En passant la porte du commissariat, alors qu'elle était encore émue par les attentions de Paul, par son état de plus en plus pesant de future mère, et par le constat navrant que ses engagements écologistes risquaient de flancher aux premiers inconforts, elle eut l'écœurante sensation de pénétrer dans une épaisseur « chyprée ». Cela émanait d'une femme impatiente et minuscule.

Cette personne venait pour la deuxième fois au commissariat du 40, rue Marius Berliet. Elle racontait que Son Artiste ne s'était pas présenté au vernissage de sa propre exposition et qu'elle n'avait plus de nouvelles de lui depuis un mois. Elle était inquiète. Non, elle n'avait pas contacté la famille de Zilch. Elle vivait une relation… particulière… avec le plasticien ; sa femme était au courant et donc cela aurait été gênant.

Il s'agissait de Betty Fromanger, propriétaire de la plus grande galerie d'art contemporain de Lyon, située dans le très neuf et très branché quartier des Confluences.

Marge soulagea le brigadier Malataverne, désemparé devant la véhémence de la galeriste, en invitant la petite femme à entrer dans son bureau. Elle y vint accompagnée bien sûr de son parfum qui remplit immédiatement toute la pièce. Pénélope engagea aussitôt une lutte silencieuse contre cet indésirable, jusqu'à ce qu'Élisabeth Fromanger se mette à parler. Alors, navrée, Pénélope se dit que son interlocutrice devait faire l'impasse sur le petit déjeuner, et son haleine devint la principale préoccupation de la commissaire.

Pénélope Marge était l'avant-dernière d'une fratrie de quatre filles. Son père et ses grands-pères avaient été moins résistants que leurs épouses. Ils étaient morts prématurément. Sa mère et ses grands-mères parlaient d'eux avec amour, distillant à leur sujet des histoires de héros, de beaux gosses et de têtes brûlées. C'est à ces jolies légendes que se résumaient les relations qu'elle avait eues enfant avec le genre masculin… Elle avait été élevée par des femmes, parmi des femmes. Cela avait façonné chez elle un regard bienveillant à l'égard de ses consœurs.

Mais pour l'instant, en jaugeant la galeriste, elle n'arrivait pas à voir autre chose qu'un petit être désagréable et une histoire de faussaire.

Les cheveux mi-longs étaient teints en noir, soigneusement brossés et défrisés. La chirurgie avait manifestement raclé la bosse qui retient naturellement les lunettes sur le nez. Ses Ray-Ban de vampire glissaient inexorablement. Inexorablement, elle les remettait d'un doigt en face de ses yeux. Il était du coup compliqué d'avoir un avis sur son regard. La bouche était enduite de rouge sang de bœuf.

La tenue – jupe, veste, étole – était cousue dans un lainage lourd de bonne qualité. Tout était noir… jusqu'aux gants, très courts, en cuir souple.

Elle était juchée sur des chaussures, noires elles aussi. Lorsqu'elle était debout, soit du fait de sa toute petite stature, soit parce que les talons étaient hors norme, ceux-ci semblaient constituer la moitié de la hauteur globale du personnage.

Cette histoire de faussaire commençait d'ailleurs par la manipulation de son patronyme. En répondant aux questions d'usage que lui posait la commissaire, elle avait décliné sa véritable identité, d'une voix sans timbre, comme un aveu honteux. Fromager Bernadette, âgée de soixante ans, était née de parents éleveurs de cochons en Isère, sur la route entre Chevrières et Saint-Marcellin… Pénélope l'avait vue s'éteindre un peu.

Tout un chacun ne peut solliciter les Services de l'État Français pour rechercher un individu adulte. Pourtant Pénélope avait reçu la demande d'enquête de madame Fromanger.

D'une part la galeriste faisait valoir qu'elle était une sorte d'employeur de l'artiste. Celui-ci se devait d'être présent au vernissage de son exposition. Cette fois, afin d'être entendue, elle avait apporté au commissariat le contrat signé par Zilch qui le stipulait. D'autre part, elle assurait qu'ils vivaient ensemble depuis plusieurs mois et qu'elle faisait aussi cette requête en tant que concubine. Elle avait sur elle d'autres papiers pour prouver cela aussi.

Elle expliqua que Zilch avait fait livrer à la galerie une pièce inédite, accompagnée d'un petit texte concernant l'installation et le titre de cette œuvre… rien d'autre. Il était pourtant prévu qu'il apporte lui-même la sculpture pour le vernissage et qu'il la mette personnellement en scène. Depuis, aucun signe de vie. On sentait la petite femme dépitée.

— Quel titre, cette sculpture ?

La galeriste sembla désarçonnée par la question de la commissaire. Pénélope se demanda d'ailleurs pourquoi elle l'avait posée.

— Baba Yaga, répondit sagement Élisabeth Fromanger.

Le timbre slave de ces deux mots appela Pénélope dans les givres féériques de la taïga. Mais très vite, de grands personnages sans tête, aperçus au journal de vingt heures, obscurcirent la vision merveilleuse. Le journaliste annonçant l'exposition Zilch, avait dû prononcer ce nom exotique en présentant des œuvres INCONTOURNABLES, à voir ABSOLUMENT. Très insidieusement, quelque chose de ce que lui racontait la galeriste était venu se recroqueviller autour d'un point dur, dans le creux obscur d'un tout petit lobe de sa conscience. Elle eut une furieuse envie de se gratter la tête comme si, brusquement, de gros boutons d'urticaire avaient éclos sur son cuir chevelu. Elle n'osa pas. Sur le coup, elle pensa faire une allergie au parfum qui envahissait tout. Assez vite, les démangeaisons cessèrent. L'essence précieuse n'était pas en cause.

La voix d'Élisabeth Fromanger s'envolait à nouveau. C'était strident. Elle ne comprenait pas que Zilch ne l'ait pas prévenue. Cette absence n'était pas son genre. Il voulait toujours tout border. La situation était anormale !

4

Lundi 7 septembre (Acte VII)

La cloche grillagée d'un mètre quatre-vingts de haut et de quatre-vingt-dix centimètres de diamètre sur sa base, était enfin terminée. C'était une structure en jonc sur laquelle était tendue une moustiquaire de coton écru. Cela ressemblait aux paniers que les femmes installaient autrefois sous leur jupe. L'objet était posé sur la table... en attendant.

L'observation attentive du mannequin de couture, réglé sur la taille 38, lui permettait de se motiver et de préciser les formes et les conséquences de son projet. La vision globale du « vêtement »... et de son « traitement », était de plus en plus claire. C'était somme toute excitant, comme lorsque l'on est au bord de résoudre une énigme mais que tout n'est pas encore joué.

Les larges lés minutieusement préparés étaient si peu épais que la lumière les traversait en nuances pourpres et orangées.

Il lui fallait les fixer sur le gabarit matelassé en les juxtaposant parfaitement. Les petites épingles à tête colorée perçaient les fibres roses avec facilité puis crissaient un peu au contact du revêtement en nylon. Au fur et à mesure que les morceaux trouvaient leur place, et afin que ceux-ci ne s'enroulent pas sur eux-mêmes, ils étaient cousus entre eux bord à bord avec un fil de lin glacé, couleur sépia. L'aiguille à broder, de plus en plus humide, glissait entre les doigts. Il lui était possible de la bloquer en pliant l'annulaire sur le brin qui sortait du chas et en pressant très fort. Malgré cet inconvénient, le travail était précis, élégant, efficace. Les points étaient parfaitement réguliers et maintenaient solidement entre eux chaque fragment de la future robe.

Le haut du vêtement aurait la forme d'un bustier cintré, sans manches, s'ajustant au plus près des seins et de la taille. Une couture, de laquelle tomberait droit le bas de la tunique – autant que la qualité du matériau le permettrait – marquerait le départ des hanches.

Au bout d'une heure, le projet avait pris forme. La robe descendait jusqu'au sol en plis souples.

Après avoir décroché la cordelette devenue sèche et dure, il lui fallut forcer pour en faire une pelote. Cette aussière improvisée fut savamment nouée autour du vêtement pour en souligner parfaitement chaque empiècement. Un fil d'alliage chromé, discrètement enroulé autour, la nervurait méthodiquement.

Ainsi ligoté dans sa robe, le mannequin était devenu bizarrement sensuel.

Le sol fut ensuite soigneusement lavé, l'ouvrage et son support placés sous la cloche, à l'abri des regards et des insectes. Les fenêtres furent ouvertes. Le courant d'air dissipa rapidement l'odeur douçâtre qui avait envahi l'espace. Si ce n'était la morsure lancinante de la saumure dans sa peau, tout allait au mieux.

5

Lundi 5 octobre

Paul Marge était un beau et grand garçon qui avait gardé d'un autre temps, alors qu'il pratiquait la natation à haute dose, des épaules larges et des muscles doux. Son petit ventre, un peu moins sculptural, était une acquisition plus récente. À Pénélope qui regardait ce coussinet de travers, Ethel, sa mère, vantait les bienfaits d'un corps bon vivant. « Cela dénote, disait-elle, quoique tu en dises, une nature généreuse et une curiosité de bon aloi ».

Paul s'affairait justement entre la table et le plan dc travail de la cuisine, enroulé dans son tablier blanc et dans un vieux T-shirt du Festival de Cannes. Il était très occupé à préparer de quoi régaler sa commissaire chérie, de quoi façonner aussi un peu mieux son bidon.

Paul enseignait l'histoire du cinéma à l'Université Lumière. Il était vorace de raretés, de films moins discrets aussi. Il les voyait et les revoyait jusqu'à ce que le plus anodin des arrêts sur image se livre tout entier, jusqu'à ce que chaque instant se distende et s'abandonne à son analyse. Il les expliquait ensuite à ses étudiants et, avant tout le monde, à

Pénélope. Il aimait à l'entraîner dans ses chemins de traverse où la réalité perd pied et où chacun se noie, émerge et se noie à nouveau avec délice. Alors là, pour Paul, la vie n'était pas loin de la perfection. Pénélope, quant à elle, ne se sentait pas toujours le courage d'affronter les essais terriblement innovants et complètement autobiographiques que quelques très initiés encensaient. Paul n'en prenait pas ombrage. Son goût pour le cinéma était large et éclectique, et sa culture abondante et généreuse. Il savait alors trouver à coup sûr le petit bijou de derrière les fagots qui ravissait sa belle.

Bien souvent, lors de repas expérimentaux dont il avait le secret, les réalités inventées et les personnages improbables de leur Panthéon cinémascopique s'immisçaient dans des conversations sur la vraie vie. La commissaire Marge s'immergeait alors quelques instants dans des saturations acidulées avant de se dissoudre à nouveau dans les grisailles de son quotidien. Mais ces intermèdes revivifiaient Pénélope et, pendant quelques jours ou quelques heures, ses yeux voyaient autrement, lui donnant l'illusion que la réalité pouvait être un peu optimiste.

Pénélope venait de rentrer. Des bourrasques agressives annonçaient une tempête de grande ampleur. Avec la nuit précoce de l'automne et la pluie qui noircissait plus encore le dehors, elle avait laissé derrière elle le trop plein d'horreur et de duplicité de sa journée de flic.

Elle faisait une halte dans le fauteuil du vestibule avec pour prétexte de quitter ses chaussures. Elle évalua les chances de s'extraire seule du petit crapaud à pompons, un peu râpé, qui lui venait de sa grand-mère. Des effluves de curry délicieusement comestibles créaient un manque dangereux au creux de son estomac… Une fois encore, elle se sortit dignement des embûches ; son gros ventre et l'alchimie changeante de son corps ne cessaient de lui en tendre, à l'improviste ou pas.

Paul avait préparé des ravioles de potiron. Comme chaque soir, alors qu'ils s'installaient à table, il lui demanda des nouvelles de ses collègues, tel une invitation discrète à laisser s'égoutter le trop-plein, à dire l'irracontable à mots couverts, à partager sans rien trahir. Et chaque soir, elle faisait de terribles efforts pour protéger son mari du sale et du sordide.

Depuis cinq mois, elle ressassait. Elle avait peur que toutes ses fibres n'atténuent pas assez les noirceurs qui collaient à elle. Elle avait beau faire, elle craignait que son enfant ne reçoive déjà des signaux d'angoisse et de désillusion. Pour l'heure, la journée n'avait pas été trop brutale.

Pénélope parla du jeune inspecteur Prieur qui venait d'être muté à la brigade. Il arrivait de Lorraine, du SRPJ[1] de Metz. Durant leur première discussion dans son bureau, il avait décrit la Vallée des Anges et ses géants de fer. Il avait dépeint les ciels de la couleur des lavandes[2], les nuages mauves ou gris agrippés par les hauts-fourneaux éteints, sous lesquels les mines et les aciéries s'étiraient sur des kilomètres. Il avait raconté la pauvreté, le chômage, et les vieux qui aimaient leur pays. Ces vieux parlaient toujours d'un lieu qui, autrefois, avait donné du travail et de la dignité. Prieur avait demandé sa mutation afin de revenir près de sa mère handicapée. Il regretterait cependant les gens de ce là-bas,

---

[1] Service Régional de la Police Judiciaire.

[2] Couleur décrite par Franck Hommage, poète et peintre

profonds de ne pouvoir trouver qu'en eux des paysages heureux.

Ses états de service étaient irréprochables. À la suite des appréciations convenues, habituellement écrites dans les dossiers administratifs, le commandant Fontenet, le supérieur du lieutenant, avait mentionné une clairvoyance peu commune, exploitée avec trop de timidité.

Cela avait intrigué Pénélope. Un œil neuf et sensible percevrait ce que les plus blasés ne voyaient plus. Le commandant Fontenet lui avait également téléphoné pour lui dire de vive voix ce qu'il ne voulait pas écrire. Elle garderait ça pour elle.

Justement, son enquête sur l'artiste absent lui permettrait de faire « en douceur » la connaissance de son nouveau collaborateur, sans l'immerger d'emblée dans une situation trop exacerbée.

Elle demanda à Paul s'il connaissait le travail de Zilch… Paul connaissait. Il était enthousiaste.

— Bien sûr ! Il y a deux jours, on a vu un reportage sur son expo. Une sorte de bal des vamps. Toutes ses sculptures « féminines » sont réunies. On y va quand tu veux. Ça te changerait les idées ! Tiens, regarde.

Pénélope aperçut sur l'écran du téléphone que lui tendait son mari une sorte de robe de mariée, peut-être en plâtre. Un minuscule spectateur, photographié à côté, donnait l'échelle. La sculpture semblait gigantesque et effrayante.

Cela lui rappela en effet le reportage, vu et entendu distraitement. Cela évoqua également une impression désagréable.

Plus tard, dans la tiédeur de son lit, alors qu'elle cherchait la bonne position pour passer la nuit sans étouffer, elle essaya un moment de se souvenir… quelques images aperçues à l'écran, à la va-vite… Lesquelles ?... Ah oui, c'était un truc captivant et bizarre qui l'avait mise mal à l'aise… Mais sa conscience, déjà bien somnolente, enfouit tout cela très loin…

6

Lundi 5 octobre

« … Mesdames et Messieurs, le Gard vient de vivre une de ses plus effroyables nuits de pluie. Tous les cours d'eau de la région ont débordé, emportant les constructions alentour… »

La journaliste était filmée sur le Pont Vieux de Saint-Jean-du-Gard. Un collègue tenait avec beaucoup de peine un parapluie au-dessus d'elle. Malgré cela, elle était trempée. Des mèches de cheveux, qu'elle essayait de contenir contre le vent, collaient à son visage. Elle hurlait pour couvrir le bruit de la pluie. Personne n'avait envie d'être à sa place.

L'arrière-plan était apocalyptique. Les berges du Gardon s'étaient éloignées l'une de l'autre, laissant, dans le tumulte, des lambeaux de terre à la dérive. Le petit ruisseau était furibond. Il avait enflé et pris la couleur des lauzes. Au-delà de la journaliste et du parapet auquel elle s'accrochait, il ressemblait à une mer de plastique gris, actionnée par de mystérieux rouages, tout animée de mauvaises intentions.

Au bord de cette masse menaçante qui grossissait à vue d'œil, la jeune femme décrivait comment certains et certaines, pris au dépourvu dans la folie des torrents, avaient dû monter sur le toit de leur voiture pour ne pas se noyer. Elle disait aussi que le flux puissant de la rivière les avait tout de même avalés. Peut-être les recracherait-il plus bas quand il se serait apaisé.

Adèle Zilch eut une petite inquiétude en pensant à Luc.

La journaliste expliqua que le pont actuel – celui sur lequel elle se trouvait – avait été construit en 1958, après que le vieux Pont Vieux eut été emporté par un précédent « épisode cévenol », quand on nommait encore ces gros frémissements de la nature des orages d'automne. Elle décrivit le fameux phénomène… Elle raconta l'air chaud de la Méditerranée qui venait s'engouffrer contre la montagne, obstinément poussé jusque-là par les vents marins. Elle expliqua comment, tout gonflé d'humidité, il s'élevait contre ce relief infranchissable, jusque vers les frimas d'altitude qui le transformaient en gouttelettes orageuses. Elle prévint aussi que ces pluies diluviennes restaient prisonnières des contreforts rocheux, et conclut qu'il n'était pas inhabituel qu'il pleuve puissamment dix heures d'affilée, « … comme il pleut depuis hier ».

7

Mardi 6 octobre

— Ouvrez la bouche, madame Marge, parce que là, on ne va pas y arriver.

— … ?

Pénélope avait pourtant l'impression de faire le maximum… qu'un peu plus et ses mâchoires allaient se déboîter. Elle essaya pourtant.

Cela provoqua un hoquet qui sembla mettre sa cavité buccale en lien direct avec son estomac et les quelques vestiges qu'il était en train de traiter.

L'assistante comprit à quel danger s'exposait son patron et demanda à Pénélope de respirer calmement, par le nez. Tout rentra dans l'ordre.

Le dentiste était concentré et de mauvaise humeur. Il devait arracher de la mandibule un implant obsolète. La vis d'une magnifique fausse dent, qui avait coûté la peau du dos, s'était cassée dedans.

Pénélope avait réussi ce tour de force en grinçant énergiquement des molaires toutes les nuits, depuis des années. Certains matins, elle se réveillait avec les muscles de la mâchoire complètement tétanisés. La précieuse couronne n'avait pas résisté. Tout était à refaire.

Ce qui tendait le docteur Ichabod était l'obligation d'opérer sa patiente enceinte en un temps record. Il n'avait pas pu l'assommer chimiquement comme il l'aurait voulu.

— Pascale, bon sang ! Qu'est-ce que vous faites avec l'aspirateur ? On baigne dans la salive. Madame Marge, vous êtes stressée ?

Vu le nombre de doigts et d'instruments que le chirurgien et sa collaboratrice avaient fait entrer dans sa bouche, Pénélope pensa que le docteur Ichabod n'attendait pas vraiment de réponse. Elle aurait d'ailleurs voulu que lui aussi se taise. Elle aurait même préféré une anesthésie générale afin que tout se fasse sans qu'elle n'en sache rien et qu'un Prince Charmant la réveille en lui annonçant que sa bouche était réparée.

Au lieu de ça, très pédagogiquement, le dentiste lui expliquait chaque phase de l'opération. Il avait chaussé une sorte de mini paire de jumelles dans lesquelles il regardait par les grosses extrémités. Pénélope imagina qu'il la voyait toute petite. Et de très loin. L'objet annihilait le regard du chirurgien tout en l'hypertrophiant. Ça ressemblait à un accessoire de film fantastique. Ce n'était pas rassurant.

Après que des petites piqures cinglantes l'aient anesthésiée, Pénélope n'avait plus éprouvé de douleur physique à proprement parler. C'était son imagination qui la malmenait. Malgré le professionnalisme de Pascale et l'omniprésence de la pompe à salive, elle avait avalé à plusieurs reprises un liquide ferrugineux et épais qu'elle avait identifié comme étant du sang, son sang. Elle avait trouvé cette idée désagréable. Désagréable aussi de sentir sa tête suivre le mouvement de la pince, accrochée qu'elle était à celle-ci. Parce que le docteur Ichabod tirait sacrément fort sur l'implant ancré dans son os. Le petit morceau de titane avait fini par se décrocher. Le plus difficile était fait. Le dentiste voulait se dépêcher maintenant de coudre la plaie pendant que ses drogues agissaient encore. Désagréable, enfin, l'impression que si tout n'était pas fait à toute allure, Pénélope souffrirait le martyre.

— Ouvrez bien la bouche, madame Marge. On va suturer maintenant.

Il avait dans une main un instrument délicat dont l'extrémité pointue se recourbait comme une minuscule serpette. De l'autre main, il tenait une pince tout aussi minuscule et tout aussi raffinée. Avec dextérité, semblait-il à Pénélope – mais elle n'apercevait que l'aiguillée qui allait et venait au-dessus de son visage – il cousait sa chair blessée. Il était en train de la raccommoder.

Bien qu'elle soit concentrée à imaginer le trajet du filament dans les tissus sensibles de sa bouche, son appréhension et sa tension se diluaient peu à peu. Les mains gantées de latex, qui tiraient et nouaient ce fil avec précision, se désolidarisèrent tout doucement de leur contexte. Elles l'emmenèrent loin du cabinet dentaire bleu pâle, vers un univers gazeux. Elles la poussèrent là où flottaient des sculptures décapitées, dans un endroit reculé du tréfonds de son être. Elles la bousculèrent vers une image qui glissait et s'échappait tel un ectoplasme malicieux, un peu déplaisant aussi…

À cet instant, Pénélope eut terriblement besoin de se gratter le cuir chevelu, comme une envie d'activer les flux et les reflux de son cerveau, pour se concentrer plus, pour réfléchir mieux. Elle resta cependant sagement immobile, les bras collés au corps.

Une petite alarme avait retenti.

8

Vendredi 9 octobre

Pénélope venait de quitter le périphérique de Lyon et roulait vers le sud-est.

Elle ne saisissait pas ce qui la poussait à s'engager personnellement dans cette recherche… Elle avait juste envie d'éclaircir cette sensation diffuse sur laquelle elle ne remettait pas la main mais qui lui laissait une sale impression.

Mobiliser un commissaire pour retrouver un fugueur majeur était pour sa hiérarchie de l'ordre de l'impensable… Si cette hiérarchie s'intéressait de plus près à cette histoire, elle ne parlerait pas, bien sûr, de ses idées confuses et tenaces, de l'irrépressible besoin d'ausculter une bizarrerie… Elle prétexterait l'importance de la galeriste sur la place de Lyon, l'importance des relations que celle-ci n'avait pas manqué de lui signifier, la célébrité du disparu…

Le commissaire divisionnaire serait sensible à ce genre d'argument tant il n'aimait pas se faire sermonner par le préfet.

Pénélope se dit aussi que ladite galeriste, si on ne prêtait pas assez d'empressement et d'attention à sa plainte, saurait faire valoir toute seule son importance et celle de Son Artiste.

Betty Fromanger avait escamoté son passé. En la voyant drapée dans ses étoffes luxueuses, on était loin d'imaginer qu'elle avait pu mettre ne serait-ce qu'un orteil là où elle avait grandi.

Après son départ, Pénélope avait fait quelques explorations sur *Google Maps*. Elle avait trouvé l'exploitation, ou ce qui avait été l'exploitation, de monsieur et madame Fromager. Celle-ci bordait le réseau exploré par le petit personnage du moteur de recherche qui était tombé au milieu de nulle part, dans un paysage enneigé. Tout alentour, des bosquets, des champs, et un ensemble de bâtiments bien calés sur le versant sud d'un col solitaire. Les images disponibles montraient une maison d'habitation simple et cossue, des silos, et des édifices tout en longueur. Le lieu semblait inoccupé. Peut-être aurait-elle le temps de s'y rendre aujourd'hui, après sa visite chez la femme de l'Artiste.

L'autoroute A48 emmenait la commissaire Marge vers les reliefs de l'est. Dans l'arrière-plan de son pare-brise, les Alpes et les Préalpes développaient leurs massifs comme à la parade… En avant, les collines de Chambaran plissaient leur dos vert… C'est dans cette forêt que la jeune femme se rendait.

Pénélope avait téléphoné pour s'assurer que madame Zilch serait bien chez elle. Le cœur au bord des lèvres, elle ne se sentait pas de faire trois heures de route pour rien. Il avait alors bien fallu révéler la raison de sa visite. Il y avait eu un silence… Puis madame Zilch avait donné ses disponibilités. La voix avait tinté avec légèreté.

Marge avait quitté la départementale 129 qui relie la grande Plaine de La Bièvre à la Vallée de l'Isère. À partir de là, elle s'était hissée vers le sommet de la colline sur une route déserte, abrupte, et de plus en plus étroite. Les maisons d'en bas étaient très vite devenues minuscules. Au fil de la montée, les prairies avaient fait place à des bosquets clairsemés, puis à la forêt... Alors que la Renault de fonction hurlait en première et semblait vouloir caler en seconde, le chemin était enfin devenu horizontal. Après avoir traversé un taillis de châtaigniers, il s'était enfoncé sous une haute futaie de sapins. Dans d'autres temps, ceux-ci avaient été plantés en grande quantité et avaient trouvé sur ce versant nord des crêtes une ambiance froide et ventée à leur mesure. De-ci delà, un trou de soleil aveuglant rappelait qu'il était dix heures du matin.

Pénélope parcourut un kilomètre sur le replat et, tout au fond de la nef noire, dans la lumière d'une clairière, elle aperçut une maison au bout de la route. Le chemin passait entre les piles d'un haut portail rouillé, s'écartait en une cour moussue et s'arrêtait au bas du perron. En approchant, au-delà des branches de douglas, on découvrait une grande bâtisse mauve, une sorte de Folie 1900 au cœur de la forêt, avec un toit Mansart et des parements de pierres blanches autour des fenêtres.

Sur le trajet pour arriver là, Pénélope n'avait aperçu, au loin, que des fermes ou des maisons très modestes... La découverte de cet endroit tellement « différent » la rendit attentive... Vivre ici demandait une certaine force de caractère – le lieu était sacrément isolé – et beaucoup de fantaisie – on lui avait préservé sa poésie, son originalité aussi...

Marge arrêta le moteur. Elle était encore derrière son volant, à considérer l'énorme porte d'entrée vitrée aux trois quarts et protégée par de lourdes grilles « fleuries », lorsque celle-ci s'ouvrit. Une silhouette longue et androgyne se glissa dans l'entrebâillement.

Madame Zilch était vêtue d'un jean usé, d'un pull de la couleur de la forêt et des chaussettes à rayures. Des bottes en caoutchouc avaient été abandonnées en haut du perron. Ses cheveux gris, coupés au carré au ras des oreilles, mettaient en évidence un cou fin et nerveux, noué de muscles étroits, prompts à se tendre au moindre mouvement. Elle ne portait aucun bijou. Son visage dégagé assumait un quadrillage serré de petites rides. Elle arborait une frange très courte, très droite, très « non-conventionnelle ».

Lorsque Marge présenta son insigne, les plis d'amertume incrustés autour de la bouche s'évanouirent dans les paroles de bienvenue. Madame Zilch ouvrit très grand le lourd battant et s'effaça pour faire entrer l'officier de police.

Un épais tapis d'accueil, un feu dans la grande cheminée du hall et les portes qui se refermaient mirent fin à la prégnance humide de la forêt.

Adèle Zilch précéda Pénélope dans la bibliothèque. Elle la fit asseoir dans une bergère cramoisie et alla préparer du café.

C'était une pièce de travail. Une grande table centrale permettait de consulter les livres à l'aise ; un ouvrage sur le mythe de Cronos, un autre sur l'œuvre de Goya et une étude sur les formicidés y étaient grands ouverts. Des feuillets couverts de notes étaient soigneusement alignés de part et d'autre de l'ordinateur installé à une des extrémités.

Sur les étagères, les volumes, rangés du sol au plafond sur trois mètres cinquante de hauteur, couvraient complètement les murs. Leurs thèmes étaient éclectiques. Beaucoup parlaient d'art, d'architecture, de cinéma – Paul aimerait. Des encyclopédies variées... Des livres de philosophies... Des romans... De très belles éditions illustrées d'histoires pour les enfants... Des bandes dessinées aussi... Et, en très grand nombre, des polars.

Le lieu était chaleureux... Vivant...

Deux grandes baies ouvraient l'espace sur l'arrière de la maison. La clairière y était aérée et ensoleillée. D'où Pénélope était installée, elle apercevait des plates-bandes hors sol, ceintes de châtaigniers écorcés, qui débordaient encore, en ce mois d'octobre finissant, de cultures potagères et de fleurs violettes et mauves. *Des crocus d'automne*, pensa Pénélope. Mais elle n'y connaissait pas grand-chose.

Adèle Zilch revint avec des tasses fumantes et quelques biscuits à la cannelle. Elle prit place dans une autre bergère, cramoisie elle aussi, et s'enquit de l'état de santé de la commissaire. Une sorte de connivence liait les femmes qui avaient eu des enfants à celles qui étaient sur le point d'en avoir... Elles semblaient alors vivre une survivance de petits moments particuliers et inoubliables.

Pénélope observait cette femme et avait beaucoup de mal à l'imaginer enceinte, ou mieux, en train d'accoucher. Il y avait en elle quelque chose d'éthéré et d'intimidant qui ne collait pas avec ses propres références de nausées, de vomis et de dilatation.

Adèle Zilch parlait avec douceur. Elle était attentionnée, affable.

Adèle était attentionnée et affable, certainement sincèrement... Mais elle pouvait tout aussi certainement se montrer décalée et inattendue. Cela se percevait dans la nervosité sèche de son corps.

Elle avait les paupières un peu lourdes. Ses yeux verdâtres scrutaient, rêvaient parfois. Même ses quelques sourires n'adoucissaient jamais leur drôle de lumière. Pénélope la trouvait belle…

Elle remarqua aussi dans ses traits des métamorphoses brutales et fugitives, des transformations sidérantes tant ses expressions les plus amènes s'assombrissaient d'un coup.

Adèle ne savait pas où se trouvait Luc. Elle ne l'avait pas vu, ni d'ailleurs n'avait de nouvelles depuis la mi-septembre. Elle ne se rappelait pas la date précisément… peut-être le 17 ou le 18.

En revanche, elle se souvenait parfaitement qu'il était arrivé dans la soirée du 2 août. Sacha, leur fille, était remontée à Paris dans l'après-midi. Elle prenait un vol pour Boston le soir même. Ils s'étaient ratés de peu.

Elle expliqua qu'ils ne vivaient plus ensemble, comme « ensemble » désigne habituellement un couple et que, bien sûr, il ne la tenait pas au courant de tous ses faits et gestes.

Il était venu et reparti plusieurs fois durant l'été pour finir la préparation de son exposition. D'après ce qu'il lui avait dit, il avait organisé l'expédition jusqu'à Lyon d'une œuvre qu'il tenait à l'abri des regards… Elle-même ne savait pas de quoi il s'agissait. D'ailleurs, elle n'avait pas mis les pieds dans l'atelier où il s'était installé pour travailler jusqu'à son départ. Puis il s'était éclipsé, comme à son habitude. Il était parti avec le projet d'une randonnée dans les Cévennes. Sans avoir l'intention, lui avait-il confié, d'assister ni à l'installation, ni au vernissage de l'exposition… Apparemment, il préparait un coup.

Elle assurait ne pas trop s'inquiéter. Pénélope sentait bien que sa venue officielle avait pourtant jeté un doute.

Adèle décrivit une relation devenue fraternelle qui durait depuis le lycée. Ils étaient dans la même classe à cette époque et l'étaient restés jusqu'à leur diplôme de fin d'études, aux Beaux-Arts.

La Maison Mauve avait appartenu aux parents d'Adèle. Son père, Jean Blondel, architecte, la tenait de son père Alphonse, lui aussi architecte, qui la tenait lui-même de son père, Gustave Blondel, premier architecte de la dynastie.

Pénélope apprit également que Sacha Zilch exerçait la même profession aux États Unis, dans le Massachusetts.

Sur la demande de la commissaire Marge, Adèle sortit des photographies de Luc. En fait, toutes sortes de clichés : des photos sur lesquelles on les voyait adolescents, puis plus tard durant leurs études aux Beaux-Arts ; d'autres sur lesquelles la famille Zilch était au complet.

Une image happa l'attention de Pénélope : une photographie de groupe prise durant leur année de terminale.

Adèle Blondel, debout au milieu d'un rang intermédiaire, regardait l'objectif droit dans les yeux avec un air de défi. Ses cheveux étaient courts, en pétard, et orange. Ses épaules étaient jetées en arrière. Tout dans sa posture évoquait la confiance en soi et la témérité.

À l'extrémité de ce même rang, à droite de l'image, Luc Zilch se tordait le cou pour l'apercevoir au-delà des camarades de classe intercalés entre eux. On ne savait pas s'il la surveillait ou s'il voulait attirer son attention. Cependant, on voyait qu'il était fou d'elle.

Mais c'est un troisième personnage qui avait interpellé Pénélope. En bas de l'image, assise au premier rang, une fille aux cheveux châtains, la tête tournée, regardait en direction du jeune homme et montrait au photographe un profil crochu.

Pénélope était bien certaine de connaître ce visage…

— C'est Bernadette Fromager ! C'est elle qui expose le travail de Luc en ce moment ! C'est elle qui est venue vous voir et qui s'inquiète… Vous la connaissez… C'est Betty Fromanger, la galeriste !

— Vous étiez tous les trois dans la même classe ? demanda Pénélope, soudain en alerte.

— Nous avons été toutes les deux ensemble de la sixième à la terminale, et tous les trois dans la même classe pendant les années de lycée. Comme Bernadette était raide dingue de mon Luc, elle a aussi tenté le concours d'entrée aux Beaux-Arts… Elle ne vous l'a pas raconté, ça ?

L'intonation d'Adèle était goguenarde, presque moqueuse.

— Êtes-vous au courant de la liaison de votre mari avec madame Fromanger ? demanda Pénélope

— Bien entendu… Elle a attendu trente ans et mit au point une stratégie diabolique pour arriver à ses fins. Non pas que Luc soit chaste ou fidèle… Je pense qu'elle ne l'intéressait pas.

— Une stratégie diabolique ?

— Bernadette… Pour moi, elle reste Bernadette. Cela dit, même si j'en souris un peu, je comprends qu'elle ait voulu transformer son identité…

Adèle Zilch tendit vers Pénélope les petits fours dont le parfum sympathique énervait les narines.

— Son père avait un élevage de porcs, reprit-elle. Il a plutôt bien réussi. Quand j'étais enfant, j'entendais dire qu'il faisait également des affaires dans l'immobilier. Peut-être suscitait-il quelques jalousies… Je pense que Bernadette en a subi les conséquences. Mais elle a été très aimée et très choyée par ses parents. C'est sûrement cela qui l'a rendue sûre d'elle et vindicative. Parce qu'en revanche, quand nous étions jeunes, elle a toujours été moquée. Les enfants de notre âge prétendaient qu'elle traînait l'odeur de la porcherie derrière elle. Elle a dû détester ce moment de sa vie.

— Et vous, vous vous moquiez aussi d'elle ?

— Il me semble que je ne lui prêtais pas vraiment attention. En fait, j'ai commencé à m'intéresser à son cas lorsque j'ai compris qu'elle était amoureuse de Luc.

Ce souvenir la fit sourire tristement.

— Elle était intelligente et travailleuse, poursuivit-elle.

Pénélope se dit qu'Adèle n'était pas jalouse et ne l'avait certainement jamais été. Elle semblait juste nostalgique.

Madame Zilch expliqua encore que Bernadette Fromager, après son échec au concours des Beaux-arts, s'était inscrite dans un cours privé de stylisme et avait suivi une formation ardue de comptabilité et de gestion à l'Université de Lyon.

Adèle et Luc était partis finir leurs études à Paris. Chacun avait alors eu une certaine réussite. Puis Luc, pris en main par un galeriste mi-parisien, mi-newyorkais, un certain John Wagner, était peu à peu devenu une star de l'art contemporain.

Plus de nouvelles de Bernadette Fromager pendant toutes ces années. Jusqu'à ce que Luc apprenne, à la mort de Wagner, que celui-ci était en fait le mari de ladite Bernadette Fromager, devenue Betty Fromanger. Ils s'étaient rencontrés lors d'un happening[3] collectif auquel elle avait participé en tant que costumière.

[3] Spectacle où la part d'imprévu et de spontanéité est essentielle et qui suppose la participation des spectateurs.

Elle était restée vingt ans dans l'ombre de son époux, avait appris l'histoire de l'art, s'était construit une réelle compétence. Elle avait même ouvert deux lieux d'exposition à son nom. Bref, elle était devenue incontournable. Elle pouvait prendre en mains les affaires et les artistes de son époux décédé. Maintenant, Luc faisait partie de son « écurie ». Et aujourd'hui il « habitait » et travaillait chez elle, à Lyon.

Adèle, quant à elle, était revenue vivre à La Maison Mauve à la mort de ses parents et accueillait son mari lorsque parfois il en avait besoin.

— Vous avez parlé d'un atelier tout à l'heure ? Je peux le voir ?

— Bien sûr. C'était à l'origine l'atelier de mon père, qui est devenu le lieu où je travaille… Où je travaillais… Un coin de table me suffit maintenant.

Madame Zilch précéda la commissaire dans l'escalier monumental qui desservait la maison du grenier au sous-sol. En guise de cave, une sorte d'antichambre, aussi grande que le hall du rez-de-chaussée, s'ouvrait sur une salle très longue. La lumière naturelle y pénétrait depuis l'est par de grandes portes-fenêtres qui bénéficiaient de l'impressionnant dénivelé de la colline. Les murs étaient blancs. Le sol, en carrelage de béton, se nouait en arabesques compliquées et laissait imaginer que ce lieu avait dû être, en d'autres temps, une orangerie ou un jardin d'hiver. Des bouquets de pinceaux et de spatules, des boîtes, des pots de peinture alignés sur un établi et quelques taches racontaient une effervescence manifestement rangée et oubliée. Quoiqu'il se soit passé ici, tout avait été nettoyé. Malgré l'éclaboussure du soleil matinal, cet endroit donnait une impression de désertion et de tristesse qui contrastait avec ce que Marge avait vu des autres pièces.

Pénélope repartit de La Maison Mauve avec quelques photos dans la mémoire de son smartphone, quelques notes et quelques adresses. Elle resta très concentrée tout le temps de la descente. Il était midi, l'ombre des sapins était toujours oppressante. Elle avait hésité à se rendre à l'ancienne porcherie Fromager. Le GPS l'indiquait à une quinzaine de kilomètres seulement. Mais la situation actuelle ne nécessitait pas non plus des investigations aussi poussées.

Adèle avait donné des renseignements sur les vieilles connaissances de Luc Zilch. Elle avait aussi signalé l'existence d'une certaine Arlette qui tenait, dans une petite rue de la Croix-Rousse, un restaurant du même prénom qu'elle… Cette personne était vraisemblablement l'aventure en cours de l'artiste. Peut-être saurait-elle localiser « le disparu » plus précisément.

9

Vendredi 9 octobre

Beaucoup d'hommes, peu de femmes, venaient là pour aller mieux. Vincent connaissait ce rituel par cœur. Cela faisait dix ans qu'il s'y soumettait avec régularité. Il avait longtemps été le cadet mais le temps passait. Maintenant, de plus jeunes y racontaient leur lutte. Personne ici ne cherchait d'absolution. Chacun puisait en lui-même, parmi une fraternité improvisée, la force qu'ils construisaient à eux tous.

— Bonjour. Je m'appelle Philippe.

— Bonjour Philippe, répondirent en chœur les douze hommes assis en rond.

Vincent le regardait. Il était en face de lui. Il l'avait vu chaque fois qu'il était venu. La cinquantaine séduisante, des vêtements conventionnels et élégants. Un notaire des Monts du Lyonnais. Il avait roulé les manches de sa chemise blanche haut sur les bras et posé les coudes sur ses cuisses. Il s'obstinait à regarder le sol. Il se débattait. Il avait honte, tellement honte…

Un gros sanglot agita convulsivement ses épaules. Sa voix se faufila, fluette et mouillée.

— Cette semaine, j'ai replongé. Je n'ai pas pu m'en empêcher. Alors elle est partie. Cette fois elle ne reviendra plus.

Elle a raison, je ne suis pas fiable. Pourtant je lui avais promis.

Après quelques secondes, Philippe releva la tête. Vincent rencontra son regard, un regard abîmé et rempli d'eau. Un regard bien différent de celui qu'avait vu sa femme.

— Je suis ici, parmi vous, pour aider et être aidé, reprit Philippe. La petite psalmodie sembla lui redonner des forces.

— Je te soutiens, répondit chacun des douze hommes, la main sur le cœur, les yeux clos, dans un désir palpable de sincérité.

Venaient aux V.A. les violents de tous poils en quête de guérison. On y rencontrait des tueurs, des violeurs, des cogneurs. Certains se servaient simplement des mots comme d'un poison…

Pour Vincent, les Violents Anonymes s'étaient naturellement substitués au Grand Docteur des Rêves qu'il consultait lorsqu'il était enfant. Il était venu aujourd'hui comme pour une piqûre de rappel, alors qu'il venait d'intégrer son nouveau poste. Son référent lui avait conseillé de ne pas lâcher le lien. Il était donc là.

10

Tous les jours depuis bientôt six mois

Pour ce qui était des enfants, Paul n'avait jamais insisté, ni émis le moindre souhait. Il abondait dans le sens de Pénélope.

— Ce sont les femmes qui les portent. Ce sont elles qui les mettent au monde. Ce sont elles qui décident, disait-il quand ils en parlaient.

Pénélope, quant à elle, ne s'était jamais sentie prête. D'ailleurs, elle se sentait de moins en moins prête. Son quotidien de flic effeuillait systématiquement les illusions qu'elle pouvait avoir sur l'espèce humaine. Et malgré une grande capacité à reconstruire son optimisme, celui-ci se dissolvait quotidiennement dans les ambiances nauséabondes qu'elle traversait. Imaginer un tout-petit dans ce monde la rendait folle.

Elle ne s'était jamais sentie prête, mais elle savait aussi que d'ici quelques minuscules années, elle n'aurait plus le choix de se sentir prête ou pas.

Depuis cinq mois, elle était enceinte. Elle s'était d'ailleurs déjà soumise au test angoissant que l'on proposait aux vieilles futures mamans. Une grande aiguille avait traversé son ventre pour aspirer un peu d'elle et de son bébé.

C'était une tristesse, une nostalgie de Paul quand il regardait des enfants jouer qui l'avait finalement décidée… Ce serait donc un petit animal de l'hiver qui aurait le parfum du lait. Pour lui, elle repousserait la nuit. Et puis, on verrait bien…

En attendant, les manifestations corporelles de ce nouvel état, en constante évolution, freinaient peu à peu son engagement physique et les interventions qu'elle faisait jusque-là. Elle aimait le terrain mais elle le trouvait maintenant plus accidenté et plus dangereux.

Au commissariat, elle avait bien rencontré quelques regards ironiques, jamais encore au sein de sa brigade. Ses hommes et femmes aimaient être sous ses ordres tant elle donnait d'elle-même, tant elle pratiquait ce métier avec humanité et rigueur. Ils aimaient aussi être sous ses ordres parce qu'elle savait dénouer l'improbable. Les cheminements de Pénélope les surprenaient souvent mais, à l'usage, ils savaient qu'ils pouvaient la suivre. Ils étaient perplexes parfois, le plus souvent impressionnés, devant ses fulgurances désordonnées. Elles affleuraient comme si une connaissance immédiate de la vérité l'habitait à son insu et se manifestait de façon inopinée. Elle essayait obstinément de transformer ce qu'elle nommait « ses troubles intuitifs » en système logique. Elle refusait de voir cela comme un don. Elle affirmait que c'était le travail et l'expérience… Paul lui racontait très sérieusement que c'était sa magie.

11

Mardi 13 octobre

La commissaire Marge avait rendez-vous avec Élisabeth Fromanger à sa Galerie des Confluences. C'était là que l'on pouvait voir la Grande Rétrospective Zilch, pour trois semaines encore, avant que celle-ci ne parte pour les États-Unis.

L'espace d'exposition occupait tout le haut de l'élégant mikado blanc qui venait de pousser sur la presqu'île. Un gigantesque ascenseur privé permettait d'y accéder en trois secondes. Pénélope savait le danger que représentait pour son estomac un tel moyen de locomotion… Mais c'était ça ou monter quatorze étages à pied… Elle opta pour l'ascenseur.

Betty Fromanger l'attendait à l'arrivée du bolide, toujours aussi sophistiquée, toujours aussi tout en noir, toujours aussi perchée sur des chaussures démentes et tout autant parfumée que lors de leur première rencontre. Des lorgnons teintés masquaient encore son regard. Un épais tissu technique la moulait du cou aux chevilles. Si ce n'était le petit logo de Dior qui oscillait sur le curseur de la fermeture éclair, on l'aurait crue équipée pour une sortie en kitesurf. Des gants en suédine blanche, qui lui permettaient de manipuler les œuvres sans laisser de traces, rendaient cependant sa tenue cocasse… On aurait dit un des Frères Jacques.

Elle était inquiète, c'était évident. Elle proposa à la commissaire de faire le tour de l'exposition. Tout en la précédant parmi les œuvres, elle lui demanda si on avait du nouveau, si on savait où pouvait se trouver Zilch, si Adèle Zilch le savait.

Elles passèrent devant une sculpture un peu à l'écart. La galeriste la présenta. C'était la fameuse Baba Yaga.

Pénélope ne sut pas si c'était la brusque montée verticale, le point de vue vertigineux vers le sud de Lyon ou l'odeur luxueuse de Betty Fromanger qui déchaîna le raz-de-marée… Soudain son corps, son visage aussi, furent envahis par une vague écœurante. Elle se rua vers les magnifiques lavabos qu'elle avait aperçus près de l'ascenseur, derrière une pharaonique porte en inox. Elle se précipita donc et crépit, de la façon la plus abjecte, les auges parfaitement blanches, au design absolument pur.

Elle rinça la vasque à grande eau, se lava la bouche, essaya de maîtriser les tremblements qui la prenaient inexorablement après ces incidents fâcheux, et fit en sorte de contrôler ses jambes en coton…

Quand elle rejoignit la galeriste, celle-ci présentait à un couple d'Anglais une *Médée* géante sans tête. La sculpture faite de tissu et de résine portait, dans les plis de sa robe, ses attributs de terrible magicienne dont deux poupons « morts », en résine eux aussi.

Un peu plus loin, également gigantesque et décapitée, réalisée dans les mêmes matériaux, une *Circée*, non moins terrible, se présentait avec un assortiment de fioles évoquant des filtres assassins.

Estimant que ses deux Anglais étaient plus ici pour leur culture que pour agrandir leur collection, Élisabeth Fromanger les laissa s'extasier seuls sur la *Judith* d'à côté, bien sûr écimée, mais qui brandissait à bout de bras la tête suppliciée d'Holopherne. Elle emboîta le pas à Marge qui se faufilait entre une *Morgane* et une *Erinye* tout aussi menaçantes.

Pénélope déambulait parmi les œuvres sans les voir tout à fait. Sa conscience une nouvelle fois lui avait échappé. Elle s'était repliée dans un escarpement secret et attendait, affolée par la réaction tonitruante du corps qu'elle habitait. Était-ce la conséquence du chamboulement qui venait de la retourner ou un phénomène à part ?

Une envie aussi brutale qu'irrationnelle la poussa à questionner la galeriste sur l'exploitation Fromager. Elle prit cela un instant pour une mesquine petite envie de vengeance... Parce qu'elle était honteuse d'avoir eu à vomir dans cet univers élégant où le concept même d'indigestion ne devait pas cxister.

Quelques fourmillements à la racine des cheveux la prévinrent cependant qu'il s'agissait d'autre chose et que la sculpture Baba Yaga n'y était pas étrangère. Était-ce son nom ? Sa place à l'écart ? Son aspect ?...

— Y a-t-il encore de l'activité à la porcherie de vos parents ?

Sous le coup de la question, Betty Fromanger ôta ses lunettes. Pénélope put enfin voir ses gros yeux, écarquillés et marron.

— De l'activité ? Qu'entendez-vous par là ?

— Je parle de l'activité d'une **porcherie** ! poursuivit la commissaire.

Le gros mot avait claqué, incongru et déplacé.

Un moment de flottement passa. Betty Fromanger qui, jusque-là, n'avait pas d'avis sur Pénélope, se mit à la détester. Celle-ci le sut d'emblée.

— Non, plus depuis que mes parents sont à la retraite.

— Vos parents y habitent encore ?

— Ils vivent à Cannes. Quelqu'un s'occupe d'entretenir la propriété et rend des comptes à mon père... Ce sera bon sur ce sujet ?

La galeriste était agacée et voulait maintenant se débarrasser de cette grosse dinde enceinte jusqu'au cou.

Pénélope décida de ne pas parler d'Arlette de La Croix Rousse ce jour-là. Elle savait qu'elle devrait revoir la galeriste. D'autres effets de surprise pourraient servir.

— Vous connaissez bien Adèle Zilch, je crois. Que pouvez-vous me dire d'elle ?

Elles étaient toujours debout, entre deux sculptures, d'une part *Lucie* qui tenait ses yeux dans ses deux mains, d'autre part *Agathe* qui portait ses seins sur un plateau.

— Adèle... ? C'est juste une histoire navrante, commença Betty Fromanger, ostensiblement méprisante. Elle avait un petit don et des choses à dire, mais aucune constance, aucune pugnacité.

— Elle a eu, semble-t-il, un certain succès tout de même ?

— Ça n'a été qu'un feu de paille... L'art n'a été pour elle qu'un passe-temps, rien de fiable. C'était une petite bourgeoise, arrogante et gâtée. Les connaissances de son père l'ont aidée à exposer et voilà tout. L'art demande de la persévérance et de l'énergie...

— Madame Zilch sait-elle ce que vous pensez d'elle ?

— Elle ne me voyait et ne me voit toujours pas. J'imagine que le métier de mes parents l'incommodait, elle aussi. Elle avait sa cour. Elle se pavanait et voulait toujours tout surplomber. Pour ce qui est de l'Adèle d'aujourd'hui, je pense qu'elle vit dans le déni. Elle n'arrive pas à admettre qu'elle n'intéresse plus Luc.

— C'est lui qui vous l'a dit ?

— Je le sais, c'est tout.

— Arrive-t-il à monsieur Zilch de vous parler de son épouse ? Ils sont toujours mariés, je crois ?

Betty Fromanger, affublée de sa combinaison d'extraterrestre et de ses gants blancs, ricana comme une sorcière malfaisante. L'image était effrayante.

— C'est devenu une amibe. Elle parasite la renommée de Luc, dit-elle sans répondre.

— Elle signe ses nouvelles sous le nom de Blondel, il me semble ?

— Tout le monde sait qu'elle est la femme de Zilch.

Pénélope n'en revenait pas que cette femme, qui avait magistralement réussi socialement, qui évoluait dans un milieu d'intellectuels – enfin, c'était l'idée qu'elle se faisait des artistes – puisse avoir, à soixante ans, une réaction aussi adolescente et tant de mauvaise foi. Elle détestait Adèle. Elle en était jalouse depuis toujours… à cause de Zilch et de sa réussite artistique même si elle la minimisait, à cause de sa famille, de sa classe, à cause de son aura…

Adèle semblait pourtant ne pas s'en rendre compte. Les échecs de Bernadette, alias Élisabeth, aux Beaux-Arts et auprès de Zilch, avait sûrement enraciné cette haine depuis longtemps. Son succès dans les rouages du marché de l'art n'avait pas suffi à assouvir son besoin de revanche.

Pénélope était redescendue jusqu'au rez-de-chaussée sans incident notable. Elle avait, sous le bras, le catalogue de l'exposition et, lovée dans la tête, l'idée de plus en plus tenace de retrouver l'artiste volatilisé. Si la fameuse Arlette n'apportait pas d'éclaircissements, il faudrait donner le signalement de Zilch aux collègues cévenols.

Avant qu'elles ne se quittent, à la demande de la commissaire, Betty Fromanger avait un peu parlé de l'artiste… une ébauche pour le moins sarcastique. N'était-elle pas une chercheuse de talents reconnue ? Adèle Zilch avait d'ailleurs souligné sa compétence en la matière…

— Le destin d'un artiste se profile dès l'enfance, avait expliqué la galeriste. Il entreprend des études d'art car, depuis qu'il sait tenir un crayon, il dessine, il fabrique, il bricole, et sa mère le trouve génial. Elle l'encourage… Au collège, il a détesté – ou pas – son professeur d'arts plastiques selon que celui-ci a plus ou moins reconnu ses dons… Quoiqu'il en soit, une heure par semaine, et plus si affinité, il a construit ses petits chefs-d'œuvre et surtout, s'est soumis à l'art addictif de l'argumentation ; il a appris à se prendre au sérieux. Bien sûr, cela a été délicieux et il lui serait difficile de s'en passer. Durant la période du lycée, parce qu'il était un peu paresseux et afin d'être convaincant lors de ses choix d'études, il s'est appliqué – ou n'a pu faire autrement – à ne paraître brillant qu'épisodiquement et par séduction… et encore, dans des disciplines satellites requérant moins de travail et moins de rigueur. Sa réussite au concours d'entrée en école d'arts lui confirme qu'il est génial. Tout au long de cinq années de happenings, de performances plus ou moins réussies, d'expériences en tous genres, les évaluations floues et les auto-évaluations encore plus floues ne démentiront pas cet a priori flatteur. Son diplôme dans la poche, il sortira, dans le Grand Dehors, impertinent et sûr de lui.

Sans pitié, Élisabeth avait poursuivi :

— Voici le lot du plus grand nombre. Les génies qui transforment notre regard, les visionnaires, ou même simplement les poètes, sont rares… Luc fait partie de la catégorie la plus commune. Mais il a élevé sa mégalomanie au rang d'œuvre d'art. Ce qu'il produit a été bien marketisé. Ça se vend beaucoup et très cher…

Pénélope s'était demandé si Élisabeth Fromanger n'était que lucide. Un soupçon d'ironie mauvaise s'était glissé dans l'intonation de la petite femme. Soit elle était encore sous le coup de la « porcherie » asséné à l'improviste, et elle voulait montrer que ses origines rustiques n'enlevaient rien à sa sagacité et à sa capacité de nuisance… soit elle avait besoin d'exprimer une acrimonie enracinée depuis longtemps. Aimait-elle les artistes ?

12

Lundi 31 août (Acte VI)

Il avait fallu l'évider, le laver, le retourner, le laver à nouveau... Il avait ensuite été minutieusement raclé. Depuis quelques jours, il était posé sur la console de la cuisine, dans son aquarium rond, auprès des récoltes de menthe et de thym qui séchaient sur un torchon blanc. Il flottait dans le liquide opaque et salé, fortement parfumé par la sauge et le romarin. La transparence incertaine de la saumure dans le bocal de verre laissait apparaître, parmi les ondulations fantomatiques des herbes odorantes, ses formes de gros serpent albinos. C'était beau et répugnant comme le fond d'un lac.

Le moment venu, il fut sorti de son bocal et dessalé sous l'eau qui coulait fort du robinet. Mais il glissait, lui échappait, se rassemblait en pelote visqueuse dans les coins de l'évier comme un poulpe vivant. Il était impossible d'attraper ce paquet de tripes sans y mettre les deux mains. Le sel avait fini par s'insinuer dans les petites crevasses de ses doigts. Malgré tout, le long boyau, de presque six mètres, fut rincé avec application et mis dans une passoire afin qu'il s'égoutte. La pièce était éclaboussée de soleil, emplie de parfums verts et poivrés.

Jusque-là, tout se passait bien.

13

Mercredi 14 octobre

Alors qu'émerveillée, Pénélope discernait depuis quelques jours des mouvements infimes au creux de son corps – des coups de pied certainement – elle avait senti au bout de ses doigts, cachés sous la proéminence de son ventre des petits reliefs réguliers. La lumière crue qui tombait du plafond de la salle de bains révélait maintenant, dans le miroir, un réseau de fines striures mauves qui grimpaient dans sa peau telle une algue souple et prolifique. Comme elle le pressentait, et malgré les super onguents qu'elle tartinait matin et soir en prévention, son épiderme avait craqué.

Elle constatait les dégâts en se contorsionnant dangereusement pour voir si les mêmes horreurs n'étaient pas en train de se propager sur ses fesses, quand elle entendit la voix de sa petite sœur.

— Où tu es, la grosse ?

Dix années les séparaient. Églantine avait été la poupée vivante de Pénélope. À la mort de leur père, leur maman avait été dépassée pendant un temps. Pénélope s'était alors fait un devoir de s'occuper de cet être minuscule et capricieux qui, indûment, lui avait ravi la place de petite dernière.

Les sourires confiants d'Églantine avaient eu raison de sa jalousie.

Ce n'était pas rien d'affronter le monde en ayant perdu l'homme de la maison. Les trois aînées et leur mère s'étaient serré les coudes. Une grande complicité et un amour infini les unissaient. Mais un lien plus fort encore s'était tressé entre Pénélope et la petite.

Ce soir, Églantine venait présenter son amoureux. Par compassion, Paul s'était mis aux fourneaux dès son retour de la fac. Il voulait noyer dans les saveurs dont il avait le secret, la féroce acuité de Pénélope et les questions qui ne manqueraient pas d'aller avec. Elles angoisseraient sûrement le jeune prétendant, abondamment prévenu par Églantine que sa grande sœur chérie était Commissaire à la Criminelle…

Pour l'heure, Églantine avait laissé le petit ami auprès de son beau-frère en le présentant comme un combattant actif pour l'environnement.

Alex était un grand garçon délicat, avec un teint pâle et des cheveux roux savamment noués en cadenettes. Il portait sur lui toute la panoplie étudiée du zadiste bobo… un harmonieux mélange de style Mad Max et d'attributs Hippies Grunge.

Paul lui servit un petit Mâcon frais et engagea prudemment la conversation sur le dernier film de Balagov. Alex, tout aussi prudent, dit ne pas l'avoir vu mais avoir particulièrement aimé l'avant-dernier.

Églantine était partie en trombe vers le fond de l'appartement, avide de jauger le ventre de sa sœur qu'elle n'avait pas vue depuis plus d'un mois. Elle fit irruption dans la salle de bains, bien sûr sans frapper. Sa sœur préférée n'était-elle pas sa chose ?

— Où est ce bébé qui bouge ? Mais comme tu es belle ! Tu ressembles à un Botticelli !

Pénélope, comme à chaque fois, fondait dans les câlins d'Églantine. Ses démonstrations enthousiastes lui rappelaient la vie simple et claire de l'enfance. C'était bon.

Elles bavardèrent et rirent de tout et de rien… des amours de la petite, des vergetures de la grande, des difficultés et des gratifications d'être enseignante, et de celles d'être flic…

Quand elles sortirent enfin de la salle de bains, Paul et Alex étaient copains comme cochons, amoureux qu'ils étaient tous les deux de vin et de cinéma.

Durant le repas, Paul s'était activé afin que chacun soit bien servi. Il aimait à ce que ses invités soient rassasiés et heureux. Il était peu intervenu dans les discussions. Pénélope avait été moins sagace que prévu. Du coup, Églantine avait tenu le crachoir. Elle avait passionnément raconté comment on parlait d'art contemporain aux collégiens. Elle avait aussi proposé à Paul d'intervenir dans ses classes pour communiquer à ses élèves l'amour du vrai cinéma.

Et puis, elle avait vanté les engagements de son Alex… Celui-ci, ne sachant pas sur quelle sorte de mine l'aurait emmené la moindre surenchère ou même un quelconque commentaire à ce propos, avait intelligemment préféré changer de sujet. Il avait donc parlé de l'exposition qu'ils venaient de visiter, Églantine et lui. Elle s'était empressée de reprendre la parole pour s'envoler dans une diatribe tonitruante contre « CE MACHO DE ZILCH QUI, SOUS PRÉTEXTE DE DÉNONCER L'ÉTAT D'ÉTERNELLE VICTIME DE LA FEMME, PRATIQUAIT UN ART ANTIFÉMINISTE, CONSISTANT À RÉDUIRE PAR LA DÉCAPITATION DES HÉROÏNES PUISSANTES… CE

SYMBOLE ÉTAIT TELLEMENT ÉVIDENT !!! » Elle s'insurgeait haut et fort contre ce genre de démarche, typiquement masculine, qui relevait de la peur ou du mépris.

Alors que l'emphase radicale et militante d'Églantine mettait soudain des mots sur son impression diffuse en face des sculptures de Zilch, Pénélope sentit monter très doucement depuis son estomac une drôle de boule. Dans le même temps qu'elle remarquait trois points noirs sur le nez de sa sœur, la voix de celle-ci devint déformée et stridente. Paul s'affairait trop et lui donnait le tournis. Alors, un haut-le-cœur ravagea tout son système digestif. Elle n'eut que le temps de se tourner vers l'évier de la cuisine… Le résultat ne fut pas moins spectaculaire que plus tôt, dans les somptueuses toilettes Fromanger.

Quand elle revint à la réalité, Paul faisait comme s'il était normal d'enlever du vomi sur la vaisselle qui traînait là. Églantine, qui avait installé sa sœur sur le canapé, tentait de la ressusciter en humectant son front avec un gant de toilette frais. Alex était parti aux toilettes, certainement pour vomir à son tour.

Pénélope était bien sûr anéantie. Cependant, un peu de lucidité se faufilait au travers de sa honte et lui murmurait que ses hormones n'étaient pas seules en cause… Les sculptures de Zilch dansaient avec provocation entre ses rétines et ses paupières. Pour la deuxième fois, elle en était sûre, quelque chose de ces œuvres la révoltait, son corps la prévenait.

Et puis, le point de vue de sa petite sœur l'avait perturbée. Il permettait d'imaginer un Zilch peut-être trouble, sûrement antipathique.

14

Jeudi 15 octobre

La commissaire Marge avait à organiser les occupations de ses collaborateurs.

Il fallait identifier les cadavres que la ville régurgitait, constater les blessures des femmes, leur mort aussi, et arrêter les maris assassins. Il fallait prévenir les attentats et mettre fin à la danse des voitures incendiées dans lesquelles on retrouvait parfois des corps carbonisés… Il fallait aussi descendre dans des abysses immondes, là où les enfants rencontrent les loups…

Alors, chaque membre de la brigade s'abîmait un peu. Chacun luttait avec ou sans ses croyances, construisait un rempart, de plus en plus bancal, pour protéger de l'abjection ceux qu'il aimait, ce à quoi il tenait.

Mais ce qui tournait en rond dans le cerveau droit de Pénélope, c'étaient des cochons et des sculptures sans tête. Deux jours déjà qu'elle avait envoyé le signalement de Zilch aux différentes gendarmeries concernées par un hypothétique itinéraire dans les Cévennes. Personne n'y avait vu l'artiste, ni vivant, ni mort. Personne n'avait signalé son véhicule, abandonné ou pas.

Elle avait prévenu le capitaine Prieur qu'ils partiraient tous les deux en mission dans les coteaux de Saint-Marcellin... Qu'il soit prêt dès midi... Ils iraient manger ensemble *Chez Arlette*, rue Gorjus, avant de prendre la route.

La commissaire avait succinctement mis le jeune homme au parfum : l'artiste envolé, l'enquête demandée par Élisabeth Fromanger, la visite chez Adèle Zilch et le statut, dans l'histoire, de ladite Arlette. Pénélope lui avait également transmis quelques photographies prises à la Maison Mauve.

De son côté, Prieur s'était imprégné de tout ce qu'Internet racontait de cet homme et de ces femmes. À des degrés divers, chacun avait sa célébrité et ses aficionados. Il avait consulté les guides gastronomiques, les catalogues d'exposition en ligne et ceux des éditions pour la jeunesse.

Pénélope le sentait inquiet. Il voulait sûrement faire ses preuves.

Le restaurant était installé dans la pointe du pâté de maisons. Ses trois murs donnaient à l'espace minuscule et chaleureux un air bohème. Une petite estrade occupait la base du triangle. Sur la porte d'entrée, calée dans l'exiguïté du sommet opposé, une affiche signalait le programme des concerts organisés en soirée.

Pour l'heure, la salle était pleine. L'adresse était connue et appréciée. Pour prévenir tout refus, Pénélope avait insidieusement réservé une table au nom de la Commissaire Marge. Deux couverts avaient été dressés sur un plateau d'appoint, au milieu de la scène. Certes, les deux policiers seraient un peu visibles mais, ainsi juchés, ils pourraient observer très facilement ce qui était à observer.

Arlette Bourdieu n'était pas très grande. Son corsage était avantageux et bien mis en valeur. Sa silhouette, très sensuelle, en forme de sablier sur pattes, était surmontée d'un chignon auburn savamment échevelé. Elle portait un gros pansement blanc à la main gauche et un ensemble robe et veste rouge parfaitement ajusté à son corps… Ce corps, Pénélope hésitait, pour le définir, entre « dodu » et « moelleux ». Les jambes d'Arlette étaient rondes et galbées, sa peau laiteuse.

Un ensemble d'imperceptibles anomalies rendait son visage charmant. La hauteur de son front maintenait les yeux en son milieu… des yeux qu'elle avait noisette et pétillants. Arlette était par ailleurs légèrement prognathe. Lorsqu'elle ne souriait pas, ce qui a priori semblait rare, les commissures de sa bouche pulpeuse tombaient comme celle d'un smiley en colère.

Quant à sa voix, c'était une atmosphère à elle seule.

Arlette avait accueilli les policiers avec bonne humeur. Elle les avait priés de l'excuser pour l'emplacement qui venait d'être inventé à leur intention. Pour répondre à l'interrogation silencieuse qu'elle voyait poindre sous le sourire avenant de la patronne, Pénélope expliqua la raison de leur visite, proposa un entretien sur place à la fin du service… ou une convocation au commissariat.

Arlette opta pour le « sur place » et ne posa aucune question. Elle continua son service en salle, comme si de rien n'était, avec cependant moins de gaîté et de légèreté. Les deux policiers l'avaient vue s'assombrir jusqu'à ressembler à un petit bouledogue, précieux et renfrogné. Il était difficile de lire sur son joli visage, devenu simiesque, la nature de sa préoccupation… Inquiétude… Colère…

Ils l'entendirent s'acharner un peu sur Bae, le jeune Coréen à longue tresse, qui la remplaçait aux fourneaux le temps que ses doigts guérissent. Elle s'était blessée en coupant des filets de bœuf – cela, Marge et Prieur l'apprirent en l'écoutant discuter avec un habitué. Ils décidèrent également que le serveur, Timothée, était son fils tant il ressemblait à sa mère.

Quand il ne resta plus pour derniers clients que Vincent et Pénélope, Arlette vint s'assoir à leur table. Une ombre bistrée marquait le tour de ses yeux et leur donnait un éclat mauvais. Elle semblait exténuée.

Marge l'avait regardée évoluer, parler, travailler durant presque une heure. Madame Bourdieu était volontaire, coléreuse, et certainement peu encline à se faire mener en bateau par un homme.

— Depuis quand connaissez-vous monsieur Zilch ? demanda Pénélope qui prenait des notes dans un petit Moleskine rouge.

— Il est venu au restaurant pour la première fois en janvier.

— Et quand l'avez-vous vu pour la dernière fois ? poursuivit la commissaire sans relever le nez.

— Le dernier mercredi de juillet.

— Ça fait deux mois et demi donc…

— Oui, c'est ça. Je m'en rappelle parce que c'était le jour de livraison et je n'étais pas très disponible.

— Connaissez-vous la raison de cette absence ?

— Oui. Il était venu me prévenir d'ailleurs. Il voulait s'isoler pour finir de mettre au point son expo.

Les yeux d'Arlette devinrent très brillants, très noirs. Elle se mit à pleurer.

— Je ne pouvais pas imaginer qu'il voulait rompre. Il semblait amoureux.

Sa voix des faubourgs était devenue un chapelet de points

d'interrogation aigus et inquiets.

— Dans le dernier message qu'il m'a envoyé, renifla-t-elle, il m'a dit qu'il avait réfléchi, que notre histoire était sans avenir, qu'il valait mieux y mettre un terme.

— Ce message date de quand ?

Arlette prit son Smartphone, y fit défiler son histoire d'amour du bout des doigts.

— Du 20 août, à quinze heures quarante-trois.

Pénélope nota.

— Avez-vous répondu ?

Arlette montra l'écran de son téléphone en guise de preuve.

— J'ai répondu « Pourquoi ? Que se passe-t-il ? ». Je n'ai pas eu d'explication.

Arlette avait reconnu sans difficulté être la maîtresse du peintre, comme les femmes qui n'ont qu'un amoureux à la fois et croient à une fidélité réciproque sans aucune arrière-pensée.

Oubliant un instant son malheur, elle avait parlé avec emphase de leur premier rendez-vous, mais devant les visages impassibles des deux flics, le vibrato de sa voix s'était enrayé. Elle était retombée dans le désespoir.

Elle évoqua des promesses puis un alliage de pacotille qui avait fondu sous ses yeux... Luc lui avait dit tant de jolis boniments auxquels elle avait cru.

Sa détresse parut cependant s'évaporer très vite. L'intérêt précis que portait maintenant la police à son histoire faisait entrevoir à Arlette d'autres hypothèses, moins communes qu'une méchante rupture. Pénélope ne sut si cet intérêt la mettait sur ses gardes ou si elle avait brusquement décidé de passer à autre chose. La voix de la restauratrice redevenait doucement tonitruante.

Marge posait les questions et écrivait. Prieur observait la patronne et déambulait dans son restaurant. Avant de partir, Timothée et Bae avait rangé, balayé, lavé. La salle et la cuisine étaient impeccables, prêtes pour la soirée.

— Monsieur Zilch est toujours marié avec Adèle Blondel… Vous êtes au courant ?

— Oui, il me l'a dit. Il m'a dit aussi que leur relation était devenue une camaraderie fraternelle, qu'Adèle n'était pas gênante.

Arlette, mal à l'aise, avait froncé le nez. Elle prenait soudain conscience de la goujaterie de Zilch en s'entendant dire cela.

La désinvolture méprisante de ce « gênante » heurta aussi Pénélope. Sur le champ, elle épingla l'artiste dans la catégorie des sales types.

— Vous savez également qu'il vit avec madame Fromanger ? poursuivit la commissaire.

Les deux paupières droites d'Arlette se mirent à clignoter. Zilch était un tricheur. La police le lui signifiait carrément. Elle essaya de contenir sa colère en simulant la bonne humeur… Si ce n'était la bouche, écarquillée sur un trop grand nombre de dents, rien ne souriait dans son visage. Le tableau était glaçant.

— Non.

Vincent Prieur estima que c'était un mensonge.

15

Jeudi 15 octobre

Pénélope laissa le volant au lieutenant Prieur. Elle avait besoin de relire ses notes, de faire le point et surtout de rêvasser. Vincent avait une conduite de guerrier. Dès la descente dans les Pentes, la circulation était bloquée. Du bras gauche, il avait mis le gyrophare sur le toit et déboîté dans le hurlement de la sirène. Les conducteurs les plus proches n'avaient pas su si les deux flics partaient ventre à terre pour se battre contre les méchants ou pour aller accoucher. Tous ceux qui le purent se poussèrent dans les rares interstices libres de la rue. La voie était dégagée…

Une fois sur l'autoroute, le jeune homme rangea son gadget de super héros et roula dans le silence. Comme il n'osait pas déranger la commissaire qui somnolait vaguement, il se concentra sur sa conduite en lui jetant des coups d'œil à la dérobée. Elle était belle, cette femme. Si ce n'était ce gros ventre posé sur ses cuisses, elle avait un corps d'athlète. Elle était grande, large d'épaules. Elle avait encore sur la peau et dans les cheveux les couleurs d'un été passé au grand air. À son arrivée à la brigade, Vincent avait été intimidé par la netteté dure et bleue de son regard. Un regard qui était allé le chercher au-delà du delà… Il s'était dit qu'elle savait. C'était écrit dans son dossier, à coup sûr. En lui serrant la main, elle lui avait comme transmis de la confiance. Sous ses ordres, il serait bien.

Lorsque les montagnes furent en vue, Pénélope sortit de sa somnolence vagabonde. Arlette, munie d'un grand couteau, y était venue s'intercaler entre les cochons et les sculptures de Zilch.

Marge s'ébroua… Au fur et à mesure qu'elle grossissait, ses digestions étaient plus difficiles, ses digressions oniriques plus surréalistes. En tout cas, madame Bourdieu en charcutière était une image à retenir…

— En fait, patron, on cherche quoi ? demanda Vincent, pressé d'entrer dans le vif de l'action.

Pénélope détailla le petit topo qu'elle lui avait rapidement exposé dans la matinée puis se tut un long moment. Recluse dans une de ses granulations arachnoïdiennes bien cachée dans son crâne, une petite certitude de meurtre s'enracinait. Quand elle aurait découvert d'où venait cette idée, de moins en moins saugrenue au fil des jours qui passaient sans nouvelles de l'artiste, elle annoncerait la couleur.

— Eh bien, Luc Zilch est sorti des radars depuis quarante-six jours. Sa fille de vingt-huit ans, qui vit à Boston, ne l'a pas vu depuis seize ans. Je l'ai eue au téléphone. Elle ne paraissait pas plus émue que ça. Elle m'a d'ailleurs dit qu'elle était en France du 26 juillet au 2 août et qu'elle n'avait pas cherché à le rencontrer.

— Elle a donc radicalement coupé les ponts avec son père…

Pénélope entendit les points de suspension parmi lesquels Vincent hésita. Elle se tourna vers lui.

Les cheveux de l'inspecteur le retenaient dans l'enfance tant ils étaient drus, indisciplinés et blonds. Ils faisaient illusion, lui donnant un air d'insouciance et de naïveté. Mais, si on regardait de près, le reste du profil racontait une autre histoire, une ambivalence. La proéminence des mâchoires, le nez fort, l'énergie du corps ne laissaient aucun doute quant à la capacité d'engagement, de réactivité et de puissance du jeune homme. Pourtant, au bord de sa pommette, là où l'œil finit de s'étirer, on repérait la trace d'une douleur. Quelques rides plissaient déjà profondément son front. Vincent n'était pas une nature sereine.

Dans ce petit moment où le son de sa voix resta en l'air, Pénélope pensa au coup de téléphone du Commandant Fontenet. Son lieutenant devait traîner derrière lui des fantômes encombrants qui lui rendaient la vie difficile. Elle les imagina empilés dans son dos, prêts à le pousser dans quelque faille secrète. Cela avait sûrement rendu Vincent fragile et friable. C'était à surveiller. Tous les hommes et femmes de sa brigade faisaient équipe, souvent embarqués dans des galères incertaines et dangereuses. Chacun devait pouvoir être un appui pour les autres.

À l'instant, le jeune homme, toujours en suspens, regardait droit devant lui, peut-être aussi vers cette brèche obscure.

— Quand je lui ai posé la question, elle est restée évasive, peu concernée. Elle m'a dit que de toute façon, il n'avait jamais pris le temps de s'occuper d'elle… qu'elle faisait sans lui depuis toujours… et que, maintenant, elle se passait de lui.

— Et avec sa mère ?

Le jeune inspecteur entraînait Pénélope loin de ses cochons. Elle n'en avait pas très envie. Mais Vincent n'était-il pas là justement pour ouvrir la voie vers d'autres possibles ?

— Quand elle parle de sa mère, elle l'appelle Maman. Pour une fille de son âge, cela marque, je crois, un attachement puissant.

Ils roulèrent un moment sans se parler. Ils gravissaient les premières collines. Il faudrait bientôt bifurquer.

— En fait, Vincent, on cherche un cadavre.

Le lieutenant resta imperturbable. Il faisait le compte de ce qu'il connaissait de l'affaire, des photographies de photographies que la commissaire lui avait montrées. Il avait d'ailleurs remarqué quelque chose mais on verrait plus tard. Il sentait qu'un grain de sable turlupinait sa cheffe. Ils roulaient maintenant vers ce petit granulat.

16

Jeudi 15 octobre

La terre penchait pour aller chez Adèle ; la terre penchait ici aussi pour venir jusqu'à la maison d'enfance de Bernadette Fromager. Les noyers, plantés serrés, luttaient contre cette pente.

La commissaire reconnut le site présenté par Google, la neige en moins. La route qui passait la colline le longeait de part en part. Bien que les bâtiments soient fermés, le lieu paraissait un peu plus « habité » sous la lumière rousse d'automne. Les extérieurs étaient entretenus : la pelouse tondue, les haies taillées, les feuilles ramassées. D'ailleurs, un homme en brouette emportait des végétaux vers un énorme composteur. C'était monsieur Caillat qui attendait les policiers pour leur faire visiter la propriété.

Dans un premier temps, la galeriste avait semblé surprise par le projet de Marge, voire hostile. Elle avait finalement pris les dispositions pour que tout se passe au mieux.

Le père Caillat se présenta. C'était un gaillard qui avait dû être une force de la nature… Il avait environ soixante-quinze ans et gardait de beaux restes. Son sourire résolument *berchu* était avenant, mais il avait le regard tellement inquisiteur qu'il en paraissait dur. Ses oreilles attiraient l'œil : soit elles étaient passées dans un broyeur, soit elles avaient été mangées par une souris… ou les deux à la fois. Pénélope savait, pour être née dans un pays de rugby, que les shorts rugueux de coéquipiers non moins rugueux, les lui avaient complètement usées durant trente ans de mêlées.

Discuter le petit bout de gras devait lui faire plaisir. Il s'était campé sur ses grandes jambes bien écartées pour être stable en toutes circonstances. Après avoir salué ses visiteurs par une grosse poignée de mains, il avait croisé les bras haut sur sa poitrine et s'enquérait de leur voyage. Il avait l'accent du Dauphiné qui transforme les « en » en « in » et qui fait chanter les fins de phrases avec des points d'interrogation qui n'en sont pas vraiment. Il brûlait de savoir pourquoi les deux policiers voulaient visiter Monsanglard. Il tournait autour du pot sans oser poser la question.

Il eut l'air de comprendre une partie du problème quand la commissaire lui demanda s'il connaissait Luc Zilch et s'il était déjà venu ici.

Comme il hochait la tête affirmativement, Pénélope lui demanda quand il l'avait vu la dernière fois.

— Il est venu fin juillet mais je ne sais plus quel jour. Il était seul.

— Vous vous êtes parlé ?

— Bien sûr ! On a parlé de la nouvelle saison de rugby. Vous savez, dans ce coin, tous les hommes, jeunes ou vieux *s'intéressent.*

— Il vous a dit ce qu'il venait faire ici ?

— Il se promenait. Il ne m'a pas dit plus.

L'occasion était belle. Le père Caillat sauta dessus.

— Vous cherchez monsieur Zilch ? Alors, il a disparu ? Bernadette m'avait bien demandé si je l'avais vu à la fin de l'été ! Qu'il la laisse sans nouvelles, ça ne m'étonne pas plus que ça. C'est un drôle de coco, c'est un artiste. J'ai l'impression qu'il a toujours fait ce qu'il a voulu, sans rendre de comptes à qui que ce soit.

— Lorsqu'il est venu la dernière fois, il est entré dans la maison ? l'interrompit Vincent.

— Non, non, il marchait. Il aime bien marcher, monsieur Zilch. Il avait laissé sa voiture à Saint-Antoine. Je lui ai demandé s'il voulait que je le remmène, parce que quand même, ça fait une trotte. Il n'a pas voulu.

— Il vous paraissait être comme d'habitude ? Avez-vous remarqué une anomalie ?

— Il avait l'air en pleine forme.

Malicieusement, le père Caillat ajouta qu'il ne lui avait pas trouvé la tête de quelqu'un qui a envie de se suicider. Pénélope n'avait pas encore pensé à cette éventualité.

Tout en discutant, ils étaient entrés dans les bâtiments les plus éloignés du corps d'habitation et inspectaient systématiquement chaque recoin. Monsieur Caillat précédait Pénélope et Vincent, éclairait, ouvrait les volets, nommait les lieux et présentait les activités allouées aux différents espaces. Ce faisant, il rendait compte du calvaire des centaines d'animaux qui étaient passés entre ces murs. Si Pénélope n'avait pas été végétarienne, elle le serait devenue. Vincent se posait la question. Pour l'heure, les équipements étaient bien sûr vides, mais aussi parfaitement nettoyés.

Dans la partie la plus ancienne du bâti dédié à l'élevage et qui attenait à la maison d'habitation, une grande salle servait autrefois à la mise à mort et à la transformation des bêtes. Une lumière lugubre s'immisçait au travers de petites lucarnes à peine translucides. Des crochets pendaient du plafond. À l'aplomb de ceux-ci, une rigole traversait le sol en béton jusqu'à un regard grillagé qui se perdait dans le noir des canalisations. Un grand bassin, équipé de robinets et de tuyaux d'arrosage, s'adossait à une cuve plus grande encore dont la fonction restait mystérieuse aux deux Lyonnais.

— C'est un saloir, expliqua monsieur Caillat.

— Un saloir à viande ? Mais un bœuf entier pourrait y rentrer !

Vincent était abasourdi.

— Autrefois, les gens qui avaient les moyens de prévoir prévoyaient. On salait ici toute la consommation de viande d'une grande famille pour une année. Les congélateurs n'existaient pas encore. En plus, Monsanglard est très isolé et les anciens vivaient entre eux, sans beaucoup sortir.

Leur déambulation promenait Vincent et Pénélope dans une rationalisation de la mort qui les culpabilisait. Les lieux étaient bien entretenus, absolument propres... prêts à l'emploi.

— Cette installation n'a pas servi depuis quand ?

La commissaire posa la question légèrement, l'air de rien.

Vincent se sentit soudain glacé. Il était en train de cerner la nature du grain de sable qui grippait les rouages intuitifs de sa cheffe. Il entrevoyait l'horreur.

— Depuis plus de vingt ans pour ce qui concerne les soues... Mais si vous parlez de l'abattoir, il était encore utilisé lorsque monsieur Fromager habitait à Monsanglard. Monsieur et madame Fromager sont partis vivre sur la Côte d'Azur il y a cinq ans. Et jusque-là, chaque année, on a tué le cochon au milieu de l'hiver. Mon père travaillait pour le vieux père Fromager, le grand-père de Bernadette, il a toujours vu ça.

Monsieur Caillat ne faisait aucun cas du changement d'identité de la galeriste. Après avoir rallumé le mégot aplati de la Gitane Maïs qui collait à sa lèvre inférieure, le vieil homme poursuivit.

— La *tuaille* du cochon est une tradition dans les coteaux. C'est l'occasion d'une fête à laquelle on invite ses amis et ses voisins pour manger le boudin. Et vous savez ? – Il leva son index en prenant un air docte et un ton maniéré. Il voulait vraisemblablement imiter le parler des gens de la ville – Depuis 2012, en France, « cette pratique est inscrite à l'inventaire du Patrimoine Culturel Immatériel ». – Il rigola franchement et continua en regardant Pénélope droit dans les yeux – Non, mais heureusement qu'on a arrêté de traîner sa femme derrière soi en la tenant par les cheveux, sous prétexte que c'est une coutume préhistorique incontournable ! Il manquerait plus que celle-là de tradition soit inscrite aussi au Patrimoine Culturel Immatériel... La mienne de femme voudrait me passer de ces *ratichons* !

Des soubresauts joyeux ébranlaient sa grande carcasse. Pénélope aimait bien ce bonhomme.

Ils visitèrent ensuite la maison d'habitation. Ses dehors étaient austères. L'intérieur était propre, encaustiqué et confortable. Un chauffage à bas régime entretenait une température agréable. Ici, comme dans les autres parties de la propriété, rien ne traînait qui puisse alerter les policiers.

Lorsqu'ils quittèrent Monsanglard et le père Caillat, le jour s'assombrissait. Les corneilles tournaient au-dessus des bâtiments en criant, impatientes de reprendre possession des lieux. Des nuages s'étaient amoncelés sur l'ouest et filtraient de gris sale le soleil couchant. Il fallut allumer les phares.

Dans leur faisceau, apparurent, sur le talus derrière la maison, quelques cucurbitacées bien mûres qui se hissaient parmi les feuillages décadents et rouillés. Avant de comprendre la nature de ce qu'elle regardait, Pénélope sursauta, croyant voir l'éclat livide d'un morceau de chair humaine.

Pour le retour vers Lyon, la commissaire conduisait. Vincent n'osait pas interrompre son silence. La rêverie de Pénélope lui faisait un peu peur. Cette visite dans la porcherie et la question sibylline qu'elle avait posée dans l'abattoir, lui avaient donné un petit aperçu de ce qui tournait et retournait dans sa tête. C'était terrifiant, vertigineux et totalement inattendu.

Ravachol avait dit de leur cheffe : « Tu verras, elle est bizarre, vraiment bizarre, mais elle est forte. Elle a un truc, un truc presque surnaturel ». Vincent, ce jour-là, venait d'intégrer la brigade. Ravachol lui donnait l'impression d'être un gars efficace et peu fantaisiste. Ce genre de commentaire, dans sa bouche, pesait lourd… sans compter que Trignasse, un autre collègue du genre rationnel, hochait la tête en approuvant.

À l'instant, ce truc surnaturel semblait lui raconter une histoire gore, très gore.

— Pourquoi on est venus ici, cheffe ?

Vincent voulait creuser.

— Une bizarrerie trotte dans ma tête.

Pénélope se mit à en expliquer le cheminement, pour y voir plus clair elle-même.

— Lorsqu'Élisabeth Fromanger m'a parlé du métier de ses parents, une impression – une sensation, un drôle de rien – en lien avec Zilch, m'a fait imaginer sans vraiment l'imaginer, ce que je ne pensais pas trouver à Monsanglard, en m'y attendant tout de même… Un abattoir. Voyez-vous, Vincent, c'est un peu comme lorsqu'on ne peut pas trouver un mot qui nous chatouille pourtant le bout de la langue. Quelque chose m'a mis une sale impression dans la tête et je cours après depuis une semaine.

—Vous pensez qu'il est mort ?

— Je pense qu'il est invisible depuis le 18 septembre, date à laquelle la galeriste a reçu de lui un dernier texto. Sa femme dit ne plus avoir eu de nouvelles à partir de là. Il a rompu avec Arlette Bourdieu le 20 août. Et rien depuis : on ne retrouve pas sa voiture, il n'a été signalé à aucune frontière, dans aucun aéroport. Nous sommes le 15 octobre… Oui, je pense qu'il est mort.

17

Jeudi 15 octobre

— Paul, comment s'appelle cette personne qui transforme en tourtes les victimes de son voisin ?

— Mrs Lovett[4]. Son voisin, c'est Sweeney Todd, le barbier désespéré, devenu tueur par vengeance. Elle fait disparaître les corps pour lui, pour qu'il la voie enfin, pour qu'il l'aime. Pourquoi penses-tu à cette dame ?

— J'ai rencontré aujourd'hui une sorte de femme chimère, mi Betty Boop, mi Mrs Lovett… et fait aggravant, elle tient un restaurant !

Pénélope eut la vision ubuesque et drôle d'Arlette de la Croix Rousse, toute sanglée dans une robe à corset, en train de tourner la manivelle d'un hachoir à viande pour y traiter des morceaux humains de choix, dans un décor fantastique et sophistiqué… une fantaisie d'effroi somme toute rassurante qui lui permettait d'évacuer Monsanglard, son abattoir vide, propre et hanté. Cela repoussait un peu plus loin l'image lugubre qu'elle avait eue là-bas d'un Luc Zilch pendu par les

[4] On pense ici à Mrs Lovett, interprétée par Helena Bonham Carter, dans le film *Sweeney Todd* de Tim Burton, 2007

pieds, s'égouttant de son sang dans une rigole prévue à cet effet.

Paul s'affairait. Pénélope, assise à la table de la cuisine, évaluait le dosage d'un jus de carotte au gingembre et feuilletait machinalement le catalogue de la Rétrospective Zilch... Elle avait envie d'identifier enfin l'idée sans forme qui s'était agrippée à elle et la tarabustait avec acharnement. Elle se disait un peu qu'elle trouverait son bonheur parmi les pages glacées de la luxueuse revue. Mais rien ne se signala. Les saintes et les sorcières restèrent toutes sur leur quant-à-soi.

— Elle est soupçonnée de quelque chose ? avança timidement Paul.

— Non... Enfin pas encore.

Elle raconta à son mari la poursuite impalpable qui l'obnubilait. Paul, démuni, lui parla des flics de film, des astuces de réalisateurs pour représenter le fil ténu de leurs intuitions. Il cita les divagations poétiques de certains écrivains à ce sujet.

Peu à peu, Pénélope glissa dans les mondes inventés qu'ils adoraient et oublia, pour la soirée, ses réalités sordides.

18

Jeudi 15 octobre

En rentrant chez lui, comme presque chaque soir, Vincent avait appelé sa mère. Il avait raconté sa journée en estompant les faits trop saillants qui auraient pu l'effrayer. Il lui avait demandé comment elle se portait. Comme à chaque fois, elle avait répondu que tout allait très bien. Lui savait qu'elle endurait des douleurs tenaces qui la clouaient dans son fauteuil. Les jours de rémission, durant lesquels elle pouvait en sortir pour vaquer à quelques occupations qui lui faisaient plaisir, étaient rares.

Heureusement, Marie-Lou, la dame qui s'occupait d'elle habituellement, sa Marie-Lou, amenait à chacune de ses visites des encouragements et de la bonne humeur. Il n'en fallait pas plus pour qu'Agathe Prieur passe un bon moment. Elle était une femme optimiste et obstinée.

Malgré le drame qui avait définitivement endommagé leur vie, elle avait su transporter son petit garçon loin des tourmentes délétères et indélébiles. Elle lui avait parlé, parlé… jusqu'à ce que les mots le persuadent que la violence n'était pas normale.

Elle avait trouvé l'appui inconditionnel de Jeanne, sa propre mère, la grand-mère de Vincent. À elles deux, elles avaient tissé un cocon solide dans lequel le jeune garçon s'était reconstruit.

Ce soir, Vincent avait très envie de raconter à sa mère le malaise qui avait serré sa poitrine alors qu'il passait en revue les photographies prises chez Adèle Zilch. Il avait eu la nostalgie de son foyer bancal fait d'une grand-mère, d'une mère et d'un petit garçon, car au bord d'une des images que Pénélope lui avait confiées, l'intensité d'un regard mauvais avait délogé du fond de son abîme le souvenir terrible. Il avait repéré la froideur de l'œil, le vide absolu dans une pupille de requin. Il en aurait bien parlé à Pénélope dans la voiture, mais il n'avait pas osé.

19

Vendredi 16 octobre

Il était onze heures, vendredi 16 octobre.

Deux nouvelles venaient de tomber au commissariat. Le 4X4 de Zilch avait été retrouvé dans une grange, au cœur d'un village abandonné de la Corniche des Cévennes, près de Saint-André-de-Valborgne. Un gars du coin l'avait découvert en se mettant à l'abri de la pluie alors qu'il cherchait une chèvre fugueuse. Il avait immédiatement signalé l'affaire à la gendarmerie. Marge avait sur le champ envoyé dans le Gard les inspecteurs Trignasse et Roquette.

La deuxième nouvelle venait d'agiter le fameux grain de sable qui rayait les rouages de Pénélope et mettait en perspective, en perspective seulement, la découverte de cette voiture à trois cents kilomètres d'ici.

Un incendie s'était déclaré aux Confluences, dans la Galerie Fromanger. Quelques œuvres avaient été endommagées, une au moins était totalement détruite. Le feu avait été partiellement éteint par les sprinklers. Les pompiers n'avaient eu qu'à finir le travail.

Pénélope avait embarqué Vincent Prieur dans son taille-crayon électrique, aucune autre voiture n'était disponible. La commissaire s'était glissé dedans tant bien que mal, cela devenait de plus en plus compliqué. L'inspecteur avait géré au mieux le zigzag que faisaient ses grandes jambes, coincées entre le siège et le tableau de bord.

— Betty Fromanger sera sur place. Elle va porter plainte. Elle est certaine qu'il s'agit d'un incendie criminel. Le feu serait parti d'une des œuvres en résine et aurait eu le temps d'atteindre les sculptures voisines. Il n'y a pas eu de victimes, seulement des dégâts matériels, mais qui s'élèvent à plusieurs millions… Chacune des sculptures détruites ou endommagées vaut entre 600 000 et 740 000 euros, énuméra Vincent en lisant ses notes.

— On sait où était Élisabeth Fromanger au moment de l'incendie ?

— Elle était chez elle. Elle a un appartement dans le même immeuble que la galerie.

— Qui a donné l'alerte ?

— Le gardien.

20

Lundi 31 août (Acte V)

Pour transformer les tripes en ruban, il lui avait suffi d'introduire la partie inférieure des ciseaux à l'une des extrémités du tube et de faire glisser l'instrument jusqu'à l'autre bout.

La bandelette ainsi obtenue avait été nouée à un piton planté dans le mur. Ensuite, elle fut lissée et tirée vers le mur opposé. Une ganse savamment liée, à l'autre extrémité, permettait le passage d'un bâton. En maintenant solidement la hampe de bois, il lui fut alors possible d'entreprendre la torsion systématique de la bande qui était tendue à hauteur de buste. Il était nécessaire d'obtenir une corde serrée autour de laquelle s'entortillerait l'alliage destructeur.

21

Vendredi 16 octobre

Arrivés au pied du Mikado, il leur fallut s'extirper du précieux petit engin et se frayer un chemin à travers les curieux, les collègues et les pompiers. Diverses sécurités avaient bloqué les ascenseurs. Ils gravirent à pied les quatorze étages. Pénélope, rapidement essoufflée, laissa Vincent s'envoler et médita à chaque nouvelle marche sur ce que sa vie serait dans quatre mois.

Elle pensait trouver Élisabeth Fromanger hystérique. Celle-ci paraissait plutôt sonnée. On venait de découvrir, parmi les restes carbonisés, un fil de résistance et les vestiges métalliques d'un minuscule programmateur à batterie. Non seulement, il s'agissait d'un incendie criminel, mais on était certain que l'acte avait été prémédité depuis longtemps et, cerise sur le gâteau, vraisemblablement organisé dans la construction d'une des sculptures.

L'attitude réservée de la galeriste étonna la commissaire. Les dégâts étaient tels que la réouverture du lieu était inenvisageable pour l'instant. Mais Betty Fromanger pouvait penser aux aspects positifs de la situation. Cet incendie et ses circonstances mystérieuses seraient un attrait supplémentaire pour les amateurs. Qui que soit le coupable, la cote de Zilch allait grimper, certainement de façon vertigineuse. Le marché de l'art adorait le scandale. Cet incendie était peut-être une aubaine.

— Quelle est la sculpture qui a brûlé ? demanda Pénélope.

— C'est la Baba Yaga, répondit Élisabeth Fromanger. Il n'en reste absolument rien.

— Vous pouvez me la montrer sur le catalogue ?

— Elle n'est pas dans le catalogue. C'est l'œuvre que Luc a envoyée en septembre, la sculpture inédite dont je vous ai parlé et que vous avez d'ailleurs vue ici.

Pénélope se rappelait surtout le malaise qu'elle avait ressenti et sa honte.

— Quand nous l'avons reçue, le catalogue était déjà imprimé. Mais je l'ai prise en photo et je pense qu'on pourra avoir accès au film tourné le jour du vernissage par la chaîne de télévision régionale. Je crois qu'elle y apparaît.

Betty Fromanger se dirigea vers un équipement informatique ultra plat, ultra stylisé, sûrement ultra performant, lui-même posé sur un bureau ultra minimaliste. Elle lança une impression depuis son Smartphone.

L'image sortit silencieusement. Sur le papier, la silhouette d'un trépied apparut, puis celle d'une robe longue. L'aspect translucide du matériau qui recouvrait le mannequin et son moirage blanc agacèrent quelques chairs molles, au-delà des globes oculaires de Pénélope. Des centaines de petites pattes s'agitèrent alors comme si de minuscules animaux, répondant à un appel programmé, se réveillaient tous ensemble sous son cuir chevelu.

Quand l'imprimante eut intégralement régurgité l'image, Marge en était sûre : c'était après cette Baba Yaga que courait son subconscient obstiné depuis plusieurs jours… et contre elle aussi que son estomac hypersensible s'était révolté.

Les deux policiers se penchèrent sur l'image.

— Elle était en quoi, cette sculpture ?

Vincent scrutait méchamment la photographie.

— En résine et en tissu. C'est en tout cas ce que Luc a indiqué sur la procédure d'exposition.

— Elle est où cette procédure ? demanda Marge.

La galeriste manipula l'écran de son téléphone et tendit celui-ci vers Pénélope. Le message de « Luc » datait du 18 septembre. Il signalait que la sculpture venait d'être livrée, qu'il fallait l'installer à l'écart des autres, loin des parois, loin des vitrages. Le texto détaillait également les différents matériaux utilisés : polyester et bois pour le support... résine époxy, tissu en fibres naturelles, fil de lin, alliage Kanthal pour la robe. Zilch terminait par le « bisou » que l'on dit à un conjoint. On remarquait que nulle part il ne parlait de date, ni de retour, ni de « bientôt ». C'était aussi le dernier échange que l'artiste et la galeriste avaient eu.

— Le Kanthal est destiné à la fabrication de résistances ! – Le lieutenant Prieur venait de consulter son propre téléphone – On dirait bien que Zilch avait prévu l'incendie.

— Vous étiez au courant ?

Pénélope regardait Élisabeth Fromanger avec sévérité. Ses tergiversations sur les couteaux et les cochons avaient reflué vers les confins de sa conscience... Le véhicule retrouvé dans les Cévennes devenait plus palpable et s'inscrivait maintenant dans une logique où Zilch n'était plus un cadavre mais un mystificateur. Elle soupçonnait un coup médiatique auquel la galeriste n'était peut-être pas étrangère.

— Non... Je vois bien que vous croyez le contraire, mais c'est non, soupira la petite femme.

— Qu'est-ce qu'il entend par tissu en fibres naturelles ? Elle n'est pas en lin, cette robe ?

— Non, je pense que le fil de lin a juste servi à coudre les morceaux ensemble.

— Alors, à votre avis, c'est quoi ce matériau ?

Betty Fromanger haussa les épaules sans répondre.

— La sculpture a effectivement été livrée le 18 septembre ? demanda Pénélope.

— Dès que j'ai reçu le message de Luc, je suis descendue. Le gardien l'avait déjà rentrée dans le hall.

— Qui l'a apportée ?

— Personne ne le sait. Le gardien l'a trouvée devant la porte d'entrée, dans un simple carton adressé à la galerie, sans aucune précaution. Je pense que c'est Luc qui l'a amenée.

— Où est ce carton ?

— Il a été mis aux bennes le jour même. Habituellement, nous transportons les sculptures et les peintures dans des caisses en bois. On ne traite pas une œuvre de ce prix avec si peu de soin. J'étais très en colère contre Luc. Mais il fait souvent des coups comme celui-ci... par provocation, comme un adolescent attardé.

Vincent était resté le nez collé à la photographie.

— On dirait de la viande vernie...

Pénélope fixa le lieutenant mais son regard était parti ailleurs, vers une farandole de cochons, de charcutières cyniques et d'ogresses bien sûr cannibales. Tout ce joli monde revenait en fanfare... Quelques pièces de puzzle s'emboîtaient maintenant dans la logique bizarre et secrète de la commissaire.

Dans les minutes qui suivirent, la Police Scientifique était prévenue. La galerie devenait éventuellement une scène de crime. Pénélope demanda à consulter les enregistrements des différentes caméras du bâtiment. Selon le gardien, le colis avait été posé hors du faisceau couvert par celle de l'entrée, et les autres n'avaient rien capté de remarquable. Il faudrait aussi consulter les images de la surveillance urbaine. Vincent se chargerait de cette tâche.

On mit au courant Roquette et Trignasse qui s'apprêtaient à ausculter la grange et le Land Rover sous toutes les coutures.

Parmi quelques éventualités, Luc Zilch pouvait gambader sur la Corniche des Cévennes. Il pouvait aussi avoir cuit à Lyon, au milieu de ses œuvres.

22

Vendredi 16 octobre

Pénélope se fit ouvrir l'atelier de Zilch depuis l'appartement d'Élisabeth Fromanger situé à l'avant-dernier étage de la tour. La galeriste, un peu hagarde, était sous le choc. Son teint avait viré au gris. Vincent la trouvait bizarre.

— Elle cache quelque chose, murmurait-il à sa cheffe par intermittence.

— Oui, mais quoi ? chuchotait la commissaire, espérant que les réponses surgiraient entre les mains de ses collègues techniciens.

L'atelier de Luc Zilch occupait la partie septentrionale de l'étage. Les baies vitrées, donnant sur la Presqu'Île, étaient obturées par des stores. Le matériel était méthodiquement classé par catégories sur des étagères murales. Sur d'autres rayonnages aux formats gigantesques, on avait remisé, là aussi par genres, des dessins, des peintures, des œuvres en volume… Tout était trop rangé.

Pénélope fit part de cette impression à Élisabeth Fromanger.

— Nous n'occupons pas les lieux depuis très longtemps… Luc n'y a pas beaucoup créé. Avant que nous ne revenions vivre en France, il travaillait à New York.

La galeriste n'était plus la petite personne vindicative et offusquée que Pénélope avait rencontrée à deux reprises. Elle semblait avoir pris un coup sur la tête.

— En fait, Luc n'a plus rien à dire depuis des années. Il est à sec. On a inventé cette rétrospective pour le sortir de là. Son public ne se rend pas encore compte qu'il est *has been*.

— C'est pour ça qu'il est allé travailler chez sa femme ? Pour se ressourcer ?

— C'est ce qu'il m'a laissé entendre.

— Il vous a semblé dépressif en partant là-bas ?

— Non, pas du tout. Luc est plutôt le genre à imaginer que les autres ne comprennent rien... et le suicide n'est pas dans son registre, si c'est ce que vous sous-entendez.

— Qu'avez-vous pensé de cette Baba Yaga ?

— J'avoue qu'elle m'a agréablement surprise. Dommage qu'elle ait été détruite. Elle avait une âme, cette sculpture. Ça faisait longtemps que Luc n'avait pas produit quelque chose d'aussi fort.

— Indiquez-moi où je pourrais prélever l'ADN de monsieur Zilch, demanda Marge en enfilant des gants en latex.

Après avoir réfléchi quelques secondes et demandé où on trouvait ça, Élisabeth Fromanger précéda les policiers vers des poils de barbe accumulés dans le rasoir électrique, lui-même rangé dans la salle de bains.

Pénélope emporta l'appareil, pour les poils, et pour enregistrer les empreintes de Zilch.

23

Mardi 20 octobre

On venait de recevoir les conclusions de la Scientifique. S'il y avait eu des traces sur les vestiges métalliques, elles avaient fondu dans l'incendie. Il ne restait rien d'autre de la Baba Yaga que des cendres inexploitables.

Rien de très concluant n'avait été repéré dans la voiture découverte dans le Gard. Les empreintes relevées correspondaient à celles trouvées sur le rasoir de Zilch. Trignasse et Roquette s'étaient émus de n'y dénicher aucun cheveu. Trignasse surtout, qui était un sanguin, s'était bruyamment énervé sur la propreté anormale de la voiture. Le fait était à relever mais, à la réflexion, Zilch était en partie chauve, en partie tondu. Des pluies récentes et torrentielles avaient lessivé les abords de la grange et détruit par la même occasion tous les indices qui auraient pu marquer le sol.

Élisabeth Fromanger avait hésité, puis assuré ne rien savoir des Cévennes, pas plus, bien sûr, que du village abandonné où on avait retrouvé la voiture de Zilch.

En revanche, Adèle connaissait cet endroit. Ils s'y étaient rendus, elle et son mari, durant leur jeunesse, alors qu'une communauté de hippies y vivait. C'était dans l'air du temps…

Vincent avait appris cela à la Maison Mauve. Pénélope l'avait envoyé là-bas afin qu'il pose de nouvelles questions à madame Zilch, surtout pour qu'il ait un avis sur cette femme. Le jeune homme était revenu sous le charme d'Adèle et de sa maison. Lui aussi avait bien remarqué son humeur changeante et sporadique, un mot qui avait plu à Pénélope. Elle avait alors revu Adèle sombrer, par à-coups, dans des tristesses abyssales, remonter à la surface puis sourire comme si de rien n'était. Sporadique n'allait pas mal.

Vincent était certain que quelque chose la turlupinait méchamment, un quelque chose qui lui remontait à la gorge de façon inorganisée, mais bien tapi et installé au fond d'elle. À voir…

24

Vendredi 23 octobre

La séance de ce soir était nécessaire. Vincent l'avait attendue avec fébrilité. Depuis qu'il avait intégré cette enquête, il était bouleversé et fragilisé. On ne savait trop quoi chercher. Les suppositions oscillaient entre mystification crapuleuse, accident de randonnée et assassinat. La commissaire Marge imaginait en secret un scénario terrifiant. Vincent lui faisait confiance mais il ne savait pas faire le lien entre l'horreur envisagée par Pénélope et ce que lui avait décelé.

C'était en amorce, sur une des photographies. Les bords de l'image étaient flous. L'imaginait-il ou était-ce bien le regard d'un loup ? Le grain de l'impression pouvait anormalement exorbiter la prunelle. Un léger bouger avait altéré l'empreinte de la lumière. Le cliché était si peu net qu'on ne reconnaissait pas le visage avide, mangé par l'ombre, qui se tendait vers le fond d'un miroir. Était-il là par hasard ou était-ce bien lui qu'on avait voulu photographier ? Adèle Zilch, contactée par téléphone, n'avait pas su donner de réponse. Elle ne savait même plus en quelle circonstance la photo pouvait avoir été prise. On la voyait parmi des amis, au centre du polaroïd, enfermée elle aussi dans le reflet du miroir. Elle était assez jeune et avait l'air sombre. Pénélope s'était intéressée à cet instantané de mauvaise qualité à cause justement de la tristesse d'Adèle, qu'elle n'avait remarquée sur aucune autre photographie de son adolescence.

Vincent n'en revenait pas qu'une image embrase ainsi ses terreurs et ses colères. Le travail, consciencieusement tricoté depuis l'enfance, lui semblait soudain distendu et inutile. Il lui avait fallu pourtant se construire de sacrés garde-fous pour parvenir à son poste à La Criminelle.

Très tôt dans sa vie, Agathe et Jeanne l'avaient incité à nommer ses frayeurs et les accès haineux qui lui permettaient, croyait-il, de les neutraliser. Les deux femmes s'étaient employées à lui apprendre, jour après jour, que la violence n'est pas la seule réponse imaginable à la violence.

C'était l'époque où sa grand-mère l'accueillait régulièrement dans sa petite maison, parmi les tissus et les bobines, dans l'ambiance feutrée des essayages. Son atelier de couturière était dans la salle à manger. Le ronron excité d'une machine à coudre réveillait encore aujourd'hui, chez Vincent, inspecteur de police portant près de son cœur son arme de service, un sentiment de sécurité absolue. Sa grand-mère l'emmenait chaque semaine chez le Docteur des Rêves. Avec cet homme attentif et empathique, le petit garçon parlait des cauchemars, des pensées sombres et des anomalies secrètes qu'il ne partageait avec personne d'autre.

Agathe avait aussi insisté pour qu'il se forge un corps fort. Elle pensait que cela l'aiderait à terrasser ses craintes. Vincent avait donc pratiqué quelques sports de combat avec excellence.

Mais toutes ses peurs ne s'étaient pas éteintes et ses émotions le submergeaient parfois. Au détour d'un film, d'un reportage, lors de certaines missions, une violence démoniaque pouvait le prendre au dépourvu devant l'innocence saccagée ou l'injustice. La seule manifestation de ses envies de meurtre s'apercevait alors dans la contraction des mâchoires, si forte, qu'inévitablement, sa langue prise en étau saignait.

Ce soir, il voulait dire ses défaillances. Il voulait évacuer son malaise et se purifier.

— Bonsoir, je m'appelle Vincent.

— Bonsoir Vincent.

25

Samedi 24 octobre

La commissaire tapotait le clavier de son ordinateur. Sur l'écran apparurent les mots « Baba Yaga ». Après le clic d'entrée, le mot « ogresse »... puis un morceau de conte : « Pour s'entraîner, elle mangea son chien car au fond, elle n'aimait pas vraiment les animaux... Sauf en ragoût[5] ».

Pénélope rêva un moment. Sa Baba Yaga était vêtue de tissus orangés et pourpres, la tête savamment coiffée de quelques foulards fleuris, vivant à l'écart dans une isba du fond des bois. C'était une matriochka malicieuse et un peu goinfre... Rien à voir avec la sculpture acéphale de Zilch, peut-être bien cousue dans de la charogne vernie.

Toutes les autres vamps de l'exposition portaient, accrochés dans leur robe, leurs emblèmes et leurs qualités. Dans cette logique, la sorcière cannibale était bien sûr elle aussi vêtue de sa singularité... Vincent avait raison, la robe était faite en viande. La question était maintenant : quelle viande ? de la viande de quoi ? de qui ? Ces tergiversations étaient odieuses. Étaient-elles déraisonnables ?

---

[5] *Babayaga* (livre pour la jeunesse)
Dessins : Rébecca Dautremer - Texte : Taï-Marc Le Thanh – Éditeur : Hachette Livre/Gautier Languereau

Et puis, se disait Pénélope, on n'était pas à l'abri d'une manipulation médiatique d'envergure. La presse avait diffusé les images des dégâts causés par l'incendie et remarquait l'absence criante de l'artiste. Le monde de l'art était affolé. La Galerie Fromanger avait reçu des propositions d'achats faramineuses qui faisaient monter les prix d'œuvres à moitié calcinées : certains étaient disposés à les acheter telles quelles, endommagées et noircies, plus chères que leur cote initiale. Tout cela ne faisait-il pas les affaires de Zilch ? N'avait-il pas tout organisé ? Mais les poux imaginaires de Pénélope, à l'encontre de ce que lui dictait sa raison, susurraient une tout autre chanson à propos de cette évaporation tellement réussie.

26

Depuis quelques semaines

Ravachol s'agaçait contre le nouveau. Il lui trouvait un truc pas net. Il n'était pas jaloux, non. Pénélope prenait toujours sous son aile les derniers venus pour apprendre à les connaître… pour les intégrer… pour les former. Le nouveau n'avait pas droit à un régime de faveur.

Ravachol était déjà là lorsque Pénélope avait été nommée à la tête de leur groupe. Et parce qu'il était le plus ancien de la brigade, il lui était revenu de l'emmener sur les scènes de crime et dans tous les lieux les plus louches. Il était aujourd'hui forcé de le reconnaître, cela n'avait pas été sans un soupçon de misogynie.

Mais à côtoyer tous les jours cette grande fille, intelligente, courageuse, et bien souvent inspirée, le mot n'était pas trop fort, le vieux flic avait développé à son endroit une loyauté et une admiration belliqueuses.

Bref, ce Vincent avait quelque chose à se reprocher. Il en était tellement sûr qu'il l'avait filé durant ses moments libres. Et bingo ! Un vendredi soir, il l'avait suivi dans une impasse du neuvième arrondissement jusqu'à un ancien hangar reconverti en bâtiment associatif. Ravachol avait vu l'inspecteur Prieur passer la porte d'une des salles. Celle-ci était dédiée à un groupe de parole. Il l'avait attendu plusieurs heures. Il s'était aussi renseigné sur ledit groupe. Il n'avait pas été peu satisfait d'apprendre de quoi il s'agissait.

Vincent avait bel et bien une face obscure…

27

Lundi 26 octobre

Sur le front du Gard, la gendarmerie de Saint-André-de-Valborgne avait organisé une grande battue à laquelle Trignasse et Roquette avaient participé. Ça n'avait rien donné. On avait juste fait les constats habituels, comme à chaque fois que l'on perdait quelqu'un dans ces contrées : les ravins en broussailles étaient impénétrables, les trous insondables nombreux, et les possibilités d'y mourir puis de s'y décomposer sans attirer l'attention étaient multiples.

Les deux lieutenants étaient rentrés à Lyon, bredouilles.

La commissaire Marge les avait convoqués avec Prieur afin de faire le point sur ce qui devenait « l'Affaire Zilch ».

Ravachol était là aussi. Pénélope souhaitait une équipe soudée. En le rapprochant de Vincent, elle voulait apaiser ses craintes et ses humeurs mauvaises.

Il l'avait mise au courant de ses doutes et des recherches qu'il avait faites. Ainsi, il avait appris qu'à la mort du père de Prieur, une enquête avait été ouverte pour finalement être classée « sans suite »... Vincent était encore enfant.

Marge avait rassuré Ravachol. Rien de tel n'apparaissait dans le dossier personnel du jeune collègue. Il n'y avait aucune raison de se mettre martel en tête. Mais elle pressentait que les brumes de Vincent se gorgeaient de cette histoire et que le problème signalé par le commandant Fontenet venait aussi de là. Il l'avait prévenue par téléphone que Prieur pouvait avoir un comportement inapproprié face à certaines violences.

— Si Luc Zilch est vivant et planqué, il peut avoir organisé sa disparition et l'incendie à la galerie, commença la commissaire.

— Dans cette histoire-là, soit Zilch fait son coup en solo et Élisabeth Fromanger n'est pas au courant ; elle est donc plus crédible dans la médiatisation de sa disparition. Soit elle est au courant et elle nous mène drôlement bien en bateau, ponctua Trignasse.

— J'ai l'impression qu'elle ne sait rien… mais qu'elle a tout de même très envie de profiter de toute cette publicité, ajouta Vincent.

— Je ne suis pas sûre qu'elle ne sache vraiment rien, répondit Pénélope. Zilch pourrait avoir organisé son business médiatique avec Élisabeth Fromanger, et être mort tout de même, sans que les deux évènements aient un rapport. Et là, de deux choses l'une, soit il est mort accidentellement et il pourrit dans un trou cévenol, soit il a été assassiné…

— Et il peut pourrir n'importe où, renchérit Ravachol.

— Et donc, soit Élisabeth Fromanger ne sait pas ce qui lui est arrivé, soit c'est elle qui l'a tué, conclut le lieutenant Roquette.

— Si c'est elle qui l'a assassiné, soit le corps tout entier est dans la nature, soit seule une partie s'appelait Baba Yaga et s'est envolée en fumée, ajouta Vincent, et alors il va nous falloir trouver le reste…

— Car, pas de cadavre, pas d'assassinat.

— La sculpture a été minutieusement détruite. D'après les collègues de la Scientifique, le fil de chauffe était tellement long qu'elle n'avait aucune chance de résister à la combustion, même partiellement. Cette disparition totale n'exclut pas un coup de Zilch. Mais justement, du point de vue d'un assassin éventuel, cette disparition détourne le doute sur Zilch lui-même… J'ai tout de même l'impression qu'il est mort et qu'il était peut-être présent à son vernissage, sous forme de filets cousus.

En disant cela, Pénélope eut une pensée fugace pour Arlette, pour ses couteaux et la blessure de sa main, puis elle reprit le fil.

— Dans l'idée que Zilch a été assassiné puis transformé en robe, Élisabeth Fromanger n'est certainement pas la seule que l'on pourrait accuser mais, si on ne retrouve pas le corps ou ses restes, on est dans la panade.

— On peut tout de même éliminer le cas où Zilch aurait envoyé sa sculpture sans imaginer un incendie, avança Vincent.

— Exact. Fromanger et son assistant ont tous les deux affirmé avoir remarqué un léger relief enroulé sur le cordon qui ceinturait la Baba Yaga. Ils ont pensé qu'il s'agissait d'un parti pris esthétique. À la réflexion, ils se disent maintenant, l'un et l'autre, que ça pouvait être le câble chauffant. Il a été installé durant la confection de la robe. Il aurait été impossible de l'intégrer après. Si Zilch a fait cette sculpture, il a organisé l'incendie.

On tournait en rond. L'équipe pataugeait.

— Admettons que Zilch ait en partie été transformé en robe, qui pourrait avoir le mobile, le cran et la folie d'une telle atrocité ?

Roquette, en disant cela, grimaça de dégoût.

Les quatre autres y réfléchirent en silence. L'hideuse évocation les laissait sans voix.

— On a une piste pour le fil de chauffe ? demanda Pénélope.

— On a essayé d'analyser les ventes depuis le début du mois de juillet jusqu'au 18 septembre. Ça n'a rien donné. C'est un article banal, vendu dans toutes les quincailleries du monde. Aucun achat bizarre n'a été remarqué.

— Habituellement, on s'en sert dans quelles circonstances ?

— Il y en a dans les cigarettes électroniques et dans les radiateurs électriques. Mais là, ce sont les fabricants qui se fournissent directement. Lorsque des particuliers en achètent, c'est souvent pour mettre hors gel des abreuvoirs extérieurs.

— Vous savez si madame Zilch ou madame Bourdieu ont des poules ?

— Elles n'en ont pas.

— Et du côté des caméras urbaines, on a du nouveau ?

— Pas grand-chose… Des estafettes sont passées, certaines se sont arrêtées à d'autres adresses. Pendant le temps de midi, dans la rue Montrochet, il y a eu plusieurs livreurs à pied mais aucun n'a bifurqué vers l'esplanade de la tour Ycone. Ils ont tous filé tout droit.

— Il y a un autre accès ?

— Oui, par le passage de Panama. Il y a une grille, de temps en temps ouverte, et un escalier qui monte vers le parvis de l'immeuble… Mais le quartier est en train de se créer et il n'y a aucune caméra dans cette rue.

28

Mardi 27 octobre

Adèle avait reçu Vincent avec courtoisie. Mais elle semblait moins sereine. Elle s'en voulait d'avoir pris à la légère les craintes d'Élisabeth Fromanger et de n'avoir pas pu être plus précise en répondant aux questions de la commissaire.

Elle avait ouvert pour Vincent l'atelier vide. Elle avait aussi ressorti les photographies de sa vie, deux grandes boîtes noires pleines de souvenirs, abandonnant son intimité à l'inspecteur. Pour excuser son indiscrétion, il avait expliqué qu'il cherchait à cerner la personnalité de l'artiste. Elle avait hoché la tête. Il s'était installé sur le grand établi et avait exploré la vie des Zilch avec méthode.

Sur les clichés les plus anciens, on voyait Adèle au sein de sa famille. Elle avait été dorlotée. Les photos prises durant son adolescence la montraient casse-cou, bravache et toujours souriante.

Très tôt, Zilch y apparaissait, le regard souvent porté vers son amoureuse. Il était beau, elle était magnifique. Sur beaucoup d'instantanés, il semblait happé par l'énergie de cette fille qui perçait l'image.

Vincent avait trié les photographies par périodes. Depuis leur adolescence, peu d'entre elles les montraient ensemble.

Beaucoup avaient été prises par Zilch lui-même. Il était certainement dingue de sa femme. Au travers de l'objectif, Adèle lui souriait espièglement. Non, dans les vestiges que le jeune inspecteur fouillait, il ne trouvait pas trace de noirceur.

Dans la seconde boîte, Sacha, la petite Zilch, était sur terre… Quelques photos de sa mère, enceinte… et des dizaines de carnets brochés montrant l'enfant à tous les âges, souvent dans les bras de sa maman. Là encore, le père apparaissait peu. Il était derrière l'objectif. Au fil des images, au fil des ans, Sacha et Adèle se ressemblaient de plus en plus. Elles étaient souvent enlacées, en pleine crise de fou-rire et de complicité. À l'adolescence, Sacha avait dû se dérober au mitraillage systématique. Peu de photographies racontaient cette époque. Les plus récentes étaient des portraits de groupe faits au collège et au lycée.

Vincent cherchait encore un lambeau de ténèbres, une anormalité, quand il avait entendu Adèle jurer.

Par une des grandes baies vitrées de l'atelier, il l'avait vue fendre du bois. Maintenant, la lame de sa hache était coincée dans un rondin qui ne voulait pas s'ouvrir. Elle tenait le manche à deux mains et projetait de toutes ses forces l'outil agrippé à sa bûche contre une énorme bille prévue à cet effet. Ses bras et son corps mince, comme le prolongement d'une arme de guerre, se relevaient dans un soubresaut, se tendaient dans une courbe aérienne et s'abattaient avec un bruit dangereux. Le morceau de bois tenait bon et le mouvement recommençait. La scène était saisissante et terrible. Tel un chevalier au combat, Adèle ahanait.

Alors qu'il se précipitait à son aide, Vincent voyait le corps de madame Zilch se rendre un peu plus à chaque nouvelle tentative.

— Il ne fait vraiment pas bon vieillir.

Elle était hors d'haleine.

— Vous faites ça souvent ? demanda l'inspecteur en lui prenant la cognée des mains.

— De moins en moins malheureusement – elle frimait un peu – J'ai tardé à commander mon bois. Et il a fait brutalement très froid.

Elle frottait ses mains l'une contre l'autre et se tenait maintenant un peu recroquevillée. Vincent avait l'impression qu'elle était soudain tombée au fond d'un trou et qu'elle avait décidé de ne plus en sortir. Elle le regardait lui constituer en deux temps trois mouvements une réserve pour quatre jours. Lui, la surveillait en coin. Il lui trouvait quelque chose d'Agathe, sa propre mère. Il n'aurait pas su dire quoi... quelque chose qui l'émouvait… Elle semblait fragile et très dure tout à la fois.

— Vous vivez tout le temps seule ici ?

— Oui, pour ainsi dire… mais j'ai besoin de cette solitude pour écrire. Régulièrement, un jeune du village vient me donner un coup de main pour le jardin. Et lorsqu'il est dans le coin, Luc passe pour voir si tout va bien.

29

Depuis la visite au restaurant de Croix-Rousse

Quelque délaissée avait pu cultiver l'envie de trucider Zilch... Un conjoint jaloux, peut-être aussi... Mais une envie n'est qu'une idée tricotée à l'abri de soi, maintenue dans son écrin de tabous et de peurs. Les films et les romans racontent des crimes organisés et ciselés. Dans la vraie vie, c'est bien souvent l'impulsion accidentelle d'un coup de sang ou d'une déraison qui mène à l'irréparable.

Pour le meurtre présumé qui occupait Pénélope à l'instant, si les évènements s'étaient passés comme ses flashs intempestifs et dérangeants le lui laissaient entrevoir, il avait fallu un savoir-faire démoniaque, une organisation réglée au millimètre et surtout, l'inspiration. En imaginant les différents actes sanglants depuis la conception de Baba Yaga jusqu'à sa livraison, la commissaire eut un haut-le-cœur.

Pénélope n'en avait pas fini avec Arlette Bourdieu. Sous les abords enjoués de la restauratrice, elle avait aperçu une personnalité emportée et potentiellement inquiétante. Après tout, Zilch l'avait abruptement laissée tomber. Elle en nourrissait un dépit à fleur de peau. La situation n'avait jusque-là rien de spécial. Mais la comédie qu'avait jouée Arlette lors de leur visite, le mélange de faux désespoir et de vraie colère, une inquiétude dont la cause restait indéfinie, bref, ce savant mélange de sentiments peu clairs dérangeait Pénélope.

Vincent avait eu le même ressenti.

— La disparition de Zilch ne l'inquiète pas. Elle préfère le voir mort que parti… Elle préfère peut-être même le voir mort qu'infidèle.

Par ailleurs – mais là on entrait dans l'irrationnelle intuition de la commissaire et dans des références qui lui étaient aussi chères qu'inavouables – l'aubergiste maniait couramment et professionnellement couteau et hachoir.

30

Jeudi 20 août (Acte IV)

On pouvait leur faire confiance, les os avaient été minutieusement nettoyés… quelques kilos qui avaient ensuite bouilli avec du bicarbonate de soude. Ils étaient maintenant prêts pour la pulvérisation.

Pourquoi diable avait-il choisi un conditionnement aussi brut et radical ? Des filets auraient été tellement plus pratiques ! Il est vrai que l'artiste face à un cadavre, ça c'était provocateur… et surtout vendeur. Aujourd'hui, pas de succès sans scandale !

Le broyeur à végétaux démarra dans une pétarade infernale puis donna l'impression de vouloir caler à chaque seconde, tant son rythme de croisière était peu agressif. Sacrum, vertèbres, fémurs, côtes, osselets, et d'autres encore, furent jetés dans la gueule de la machine, puis régurgités dans une bassine ; le squelette entier se réduisait à un petit monticule de brisures, comme une sorte de kit. Le robot Magimix finit la réduction et transforma le tout en farine… du phosphore et du calcium pour les fleurs. Tout serait dispersé dans le terreau.

31

Mardi 27 octobre

Le commissariat avait tenté de joindre Pénélope. Trois fois déjà. Quand elle rappela, on lui dit qu'Élisabeth Fromanger l'attendait depuis une heure et demie… qu'elle avait des révélations à faire, des révélations importantes.

À l'arrivée de la commissaire, la galeriste s'éjecta du strapontin sur lequel elle était installée du bout des fesses, égale à elle-même, gantée, en noir et trop parfumée.

— Je ne vous ai pas tout dit.

Et elle avait hâte de le dire. Elle parlait avec une humilité inhabituelle. Elle était tendue, même apeurée. En préambule, afin peut-être de se laisser encore quelques secondes, elle raconta à quel point l'incendie l'avait désarçonnée. Elle confia aussi l'horreur qu'elle avait ressentie en comprenant ce que cherchait la police dans les décombres carbonisés.

— Fin juillet, Luc m'a téléphoné. Il était allé se promener à Monsanglard, chez mes parents. Il m'a dit que le lieu l'avait inspiré. Il avait un projet de sculpture en viande. Il m'a fait jurer de ne rien dévoiler, même au vernissage. Il voulait révéler sa démarche et les arcanes de son projet plus tard, à un moment plus opportun, afin de faire monter les prix et surtout de provoquer un scandale… Le cartel devait lui-même rester très évasif.

— Le cartel ?

— C'est l'étiquette de présentation qui se trouve à proximité des œuvres et qui donne un certain nombre d'informations : titre, date, composition...

— Il avait prévu de faire ce travail à Monsanglard ?

— En fait, il voulait utiliser l'abattoir pour des raisons pratiques et conceptuelles. Je lui ai expliqué où se trouvaient les clefs de la maison. Ça lui permettait de rester discret, sans déranger monsieur Caillat… Mais quelque chose s'est enrayé dans cette histoire ! Je suis très inquiète. Il n'était pas prévu qu'il disparaisse !

Pénélope entendait Adèle lui dire le contraire.

— Quoiqu'il en soit, si Luc avait utilisé le local de la porcherie, le Père Caillat s'en serait rendu compte, il me l'aurait dit… et vous l'aurait dit, reprit Élisabeth Fromanger.

Il y aurait une perquisition en règle des Établissements Fromager. Les techniques de la Police Scientifique sauraient retrouver des traces, même des traces invisibles. Des spécialistes pourraient les dater, les attribuer à tel ou tel humain ou à tel ou tel animal.

Si Élisabeth Fromanger disait la vérité, ces révélations ouvraient avec plus de certitude des pistes vers lesquelles Pénélope hésitait à s'engager. Que Zilch ait cyniquement projeté d'utiliser la mort comme matériau installait cette affaire dans une logique malsaine et brutale.

Du coup, les quelques visions fugaces qui l'avaient assaillie se casaient avec cohérence dans une histoire qui lui paraissait de plus en plus compliquée. Élisabeth Fromanger avait raison, quelque chose s'était enrayé.

Pénélope pensait avec application à la disparition de cet homme. Bien sûr, dans un premier temps, elle avait refusé le débordement de ses impressions. Mais la personnalité même de l'artiste, du moins ce qu'elle commençait à en percevoir, distillait des flux si nauséabonds que des situations anormales pouvaient être envisagées.

32

Mercredi 28 octobre

Bae les avait précédés à travers la salle de restaurant jusqu'à la cuisine. C'était la fin d'après-midi.

Arlette, debout devant un comptoir en inox étincelant, remplissait de farce le corps écartelé d'un oiseau. Une mèche folle retombait sur son front, donnant une impression d'énergie joyeuse. Vincent, que cette femme agaçait sans qu'il sache vraiment pourquoi, remarqua, non sans plaisir, un manque de professionnalisme dans ce relâchement du chignon ; on n'était donc pas à l'abri de trouver un cheveu dans son assiette. Une douzaine de pigeons, plumés, farcis, cousus, lardés, noués, minutieusement rangés dans un grand plat, attendaient de cuire.

Pénélope, quant à elle, était hypnotisée par les mains de la cuisinière qui, sans retenue, fouraillait dans les chairs ouvertes. Arlette n'avait pas encore remarqué leur présence et s'apprêtait à refermer le petit corps avec du fil et une aiguille.

La commissaire trouvait les cuisines professionnelles désolantes, écœurantes d'odeurs refroidies qui se mélangeaient à celles particulièrement déprimantes de vieille vaisselle et de désinfectant.

Ici, rien de tel. Le local de préparation n'était pas grand mais fort bien organisé et d'une propreté méticuleuse. Tout l'appareillage dédié à la plonge était derrière une cloison vitrée qui préservait la cuisine de ses parfums dégoûtants. D'énormes bouquets d'herbes du maquis étaient suspendus à une barre qui traversait le lieu de part en part. Sur les hauts rebords de fenêtres, du basilic et de la coriandre en pots attrapaient les quelques rayons de soleil qui filtraient à travers le verre dépoli. Une odeur de garrigue flottait. Beaucoup d'ustensiles métalliques reflétaient la lumière de l'énorme hotte. Au sol, les carreaux blancs n'admettaient aucune trace suspecte. Des caniveaux en acier, rutilants eux aussi, permettaient l'évacuation des lavages à grande eau. Tout était rationnel. Tout brillait… Arlette aussi, très à son affaire au milieu de ses casseroles.

Pénélope avait enfin lâché des yeux les doigts rougis qui s'activaient avec dextérité. Elle considéra ce qui les prolongeait. Les contours moelleux à la Betty Boop n'étaient qu'un souvenir. Cette silhouette, aujourd'hui sanglée dans plusieurs épaisseurs blanches de coton sergé, lui semblait bien plus dynamique. La gestuelle précise, efficace, laissait entrevoir de l'énergie et de la force. Il était plus aisé d'imaginer Arlette au corps à corps avec un cadavre d'homme lorsqu'elle était dans cette tenue. Et puis, entre les gerbes d'aromates qui pendaient du plafond, des crochets de boucher suggéraient autre chose que des recettes à base de tofu.

Chercher un assassin sans avoir trouvé de cadavre, et ce, en imaginant le pire du pire, assujettissait Pénélope, enfin le croyait-elle, à de nouvelles sortes d'écœurements. Son corps et toutes les sensations qui le faisaient palpiter lui semblaient dépendre des incertitudes de son enquête. Elle avait la sale impression de s'enliser, de s'immerger dans des mouvances qui appuyaient tour à tour sur son estomac et sur ses poumons. Son médecin aurait plus simplement mis cela sur le compte de l'affolement normal des hormones. Son cerveau débridé, conscient d'amertumes dangereuses qui débordaient du fond de sa bouche, inventait des questions à une allure folle et y répondait encore plus vite.

Bien sûr, Arlette était jalouse. Bien sûr, elle était égocentrique. L'était-elle assez pour mettre en œuvre les surjets sanglants et assassins qu'imaginait la commissaire ? Qu'est-ce qui l'animait quand, pour séduire et ravir ses clients, elle préparait avec entrain des plats aussi suaves que complexes ? La générosité ? Le désir de briller ? L'image que Marge avait sous les yeux était ambivalente. La bonne humeur d'Arlette ne l'incitait pas à la voir dans le rôle sordide d'un écharneur... Mais il y avait les pigeons. Ladite Arlette était en train de joyeusement broder leurs chairs, sans état d'âme. Son travail l'enthousiasmait et elle était une professionnelle exigeante. Plusieurs macarons collés à l'entrée de son restaurant attestaient de ses qualités.

Pénélope tergiversait à toute allure. L'exiguïté du lieu et son utilisation journalière laissaient peu d'espace et peu de temps. Coudre ensemble des morceaux de corps humain était la finition d'un chantier terrible et encombrant, à tenir secret. Mais en constatant l'organisation méthodique d'Arlette Bourdieu et sa rapidité d'action, on pouvait élucubrer.

Pénélope avait mal à la tête à force de se contredire. Elle avait un peu envie de vomir aussi. Pour l'instant, elle était reconnaissante à Arlette de savoir tenir un tel lieu hors des odeurs de tuyauterie et loin des opacités graisseuses. Elle trouvait admirable une telle maniaquerie. Le cœur près à se déverser, elle n'avait plus trop envie de l'imaginer en couturière monstrueuse, modélisant les attributs de la Baba Yaga.

Vincent toussa pour signaler leur présence et interrompit Arlette Bourdieu alors qu'elle piquait un deuxième point de suture.

— Bonjour, madame.

— Bonjour ?!! De quoi s'agit-il cette fois ?

Le ton était faussement impatient. En fait, Arlette leur souriait.

— Je savais bien que je vous reverrais. J'ai appris, par les informations, l'incendie et tout le toutim.

Son chagrin, ou plus exactement sa colère d'amour semblait s'être évaporée. Elle devait penser aujourd'hui – ou du moins faisait-elle comme si – que sa rupture avec Zilch n'avait rien à voir avec une quelconque lassitude, que la situation les dépassait et qu'il l'aimait encore. Que le Zilch en question ait disparu, qu'éventuellement il soit mort ne semblait pas peser lourd.

Vincent la trouvait très légère, trop légère… Elle lui tapait sur les nerfs. Ça devait être sa sensualité sans complexe… sa joie de vivre… peut-être même son énergie. Tout ça l'agressait.

— Nous souhaitons jeter un coup d'œil à votre restaurant et à votre appartement.

— J'imagine que vous avez un mandat ? Oh, et puis je n'ai rien à cacher ! soupira Arlette en leur tendant les clefs de son logement. Ce sont les deux étages du dessus… Faites donc. Et si vous pouviez ne pas tout mettre en bazar… La salle sera pleine ce soir, je vais remonter exténuée. Alors… »

Arlette avait repris son travail de couture. Le coup de feu de la soirée occupait toute sa concentration et toute son énergie du moment.

Avant de s'engager dans les escaliers, Pénélopc tenta une petite déstabilisation.

— Est-ce que Luc Zilch vous a parlé d'une sculpture en viande ?

Arlette avait dit ne rien savoir de cette histoire. Elle avait imaginé une sculpture de chair. Cela l'avait arrachée quelques minutes au joyeux lardage de ses pigeons. Elle était venue vers Pénélope en essuyant ses mains ensanglantées dans un torchon blanc, comme pour se donner le temps de réfléchir. Puis elle avait dû penser que coudre de la viande pour la faire manger était une chose, la coudre pour l'exposer dans un musée était carrément révoltant.

Une moue, d'abord interloquée puis dégoûtée, avait éclos sur sa bouche… Non, Luc ne lui avait pas parlé d'un truc pareil.

Très vite, le nombre de couverts à dresser et les réservations à enregistrer l'avaient de nouveau accaparée tout entière. Elle était retournée vers ses propres petits cadavres, laissant Pénélope avec les siens.

Ils avaient donc visité l'appartement d'Arlette. Tout y était à l'image du restaurant : organisé, ordonné, raffiné.

La pièce la plus intéressante était la cuisine. Un vrai laboratoire. Tout un mur était consacré au rangement de flacons, de pots… tous, des conserves d'expériences culinaires. Les étiquettes, rédigées dans des polices de caractères savantes, indiquaient méthodiquement les ingrédients, la date, et les possibilités de communion. Certains bocaux, moins loquaces, étaient agrémentés de breloques en bois, figurant certainement l'ingrédient principal de la préparation. Sur chacun, des commentaires écrits à la main à propos du goût et de la texture. Dans des carafes à cabochon serti, des élixirs aux couleurs dorées, mis au point pour la confection de sauces précieuses, étaient eux aussi expliqués dans le détail par des fiches soigneusement typographiées.

— Je ne suis pas certain que Zilch ait autant d'importance pour elle que les petits plats qu'elle invente. On dirait bien que la cuisine lui prend toute la tête.

— À moins qu'elle l'ait fait cuire et apprêté en ragoût.

Pénélope ricana à peine.

— Vous êtes sérieuse, cheffe ?

— Après une robe en viande, pourquoi pas quelques friandises cannibales ?

— Oui, pourquoi pas… En 2012, en Chine, dans la province de Yunnan, un homme vendait les restes de jeunes gens qu'il avait dépecés. Il faisait passer ça pour de la viande d'autruche.

Vincent avait arrêté net ses évocations barbares lorsqu'il avait vu Pénélope, toute blanche, s'agripper à son ventre comme si celui-ci menaçait de s'envoler.

Rien d'autre n'avait véritablement éveillé leur curiosité. Il leur restait à visiter la « campagne » d'Arlette, un petit bien familial qu'elle avait transformé en maison d'hôtes. Elle avait obtenu un délai : la perquisition se ferait après le départ des clients qui occupaient le lieu pour l'instant.

33

Mercredi 28 octobre

— Allo ? Madame Zilch ? Bonjour madame. Commissaire Marge à l'appareil.

— Oui, bonjour Commissaire.

— Madame Zilch, votre mari vous a-t-il parlé, à un moment ou à un autre, d'un projet de sculpture en viande ?

Il y eut un silence… de dix secondes environ. Pénélope le trouva long.

— Plus ou moins. Ce projet était, à mon avis, plutôt de l'ordre du phantasme. Rien de certain.

— Vous pouvez nous expliquer ?

— Ce que je peux vous dire, c'est qu'il existe une œuvre en chair de bœuf au Centre Pompidou. Elle est exposée là-bas depuis la fin des années 90. Je crois me souvenir que c'est une artiste canadienne, ou peut-être tchèque, qui en est l'autrice[6].

— À quoi ça ressemble ?

— Elle a maintenant l'allure d'une banale robe en cuir. Elle est installée sur un mannequin de couture.

---

[6] Jana Sterbak « *Vanitas* » *: robe de chair pour albinos anorexique* 1987 – Collection du Centre Pompidou

— Vous pensez que votre mari la connaît ? – Pénélope avait pris garde de ne pas utiliser l'imparfait.

— Oui, il la connaît ! Nous sommes allés la voir dès son installation au Centre Pompidou.

— Vous vous souvenez de son impression ? Vous en aviez parlé ?

— Oui, nous nous étions même disputés…

Silence d'Adèle.

— Vous pouvez m'en dire plus ?

— En fait, il avait surtout été impressionné par la photo présentée à côté. On y voit une jeune femme qui porte sur elle la robe en viande fraîche… C'était l'aspect provocant de l'œuvre qui l'intéressait.

— Vous n'aviez pas le même point de vue ?

— Ce qui m'impressionnait, c'était la transformation du matériau, sa nature transitoire qui renvoie le spectateur à son propre devenir. Je trouvais l'œuvre forte à cause de ça. Sinon, l'ostentation sanglante me dégoûte. La futilité de Luc m'avait mise en colère. Sur le site du musée, vous trouverez pas mal de renseignements.

— Alors, il n'a pas évoqué devant vous un projet personnel de robe en viande ?

— Non, il a dû penser que je ne serais pas d'accord avec ses motivations.

34

Mercredi 28 octobre

Pénélope était penchée sur le téléphone que le lieutenant Prieur lui tendait.

— Pourquoi elle vous intéresse tant, cette photo ? Elle est floue.

— Elle vous intéresse vous aussi, cheffe ! C'est vous qui l'avez repérée chez madame Zilch !

— Oui, ça me revient. J'y ai trouvé Adèle particulièrement taciturne. Quel âge avait-elle là ?

— Douze ou treize ans, je pense.

— Et vous, Vincent, pourquoi elle vous intéresse, cette photo ?

— D'abord à cause du regard, là au bord. Il me glace.

Pénélope sentit un trouble. Une béance venait de s'ouvrir aux pieds de son jeune officier. Leurs recherches en cours le renvoyaient à ses pénombres…

— Ensuite, continua Vincent qui s'était ressaisi, je ne l'ai pas retrouvée. Elle n'est plus parmi les autres photos. L'aviez-vous remise en place ?

— Bien sûr, dans une des deux boîtes noires que madame Zilch avait apportées.

— Ce cliché ne lui dit rien. Et maintenant, il a disparu.

Les deux policiers fixaient l'image. Elle ne les avait pas happés l'un et l'autre par hasard.

— Là-dessus, Adèle paraît terriblement triste et très en colère. Elle est presque méconnaissable, remarqua Pénélope.

— On ne peut même pas dire si cet œil est à un homme ou à une femme.

Chacun se concentrait sur sa petite idée fixe… mais celle de Vincent commençait à intriguer Pénélope. Les raisons obscures qui accrochaient l'inspecteur Prieur à ce regard dépassaient l'enquête à coup sûr. Marge imaginait qu'elles avaient germé sur une vieille blessure, qu'elles s'étaient cristallisées en une impression.

Et maintenant, une intuition était là dans l'air. Il lui faudrait être précautionneuse. Elle connaissait la fragilité et la délicatesse des informations en suspens, invisibles et impalpables. On est libre de les regarder ou pas… car, même si elles captent des morceaux de réalité, elles font partie de l'imagination.

Pénélope ne voulait rien négliger. Elle avait besoin d'en savoir plus pour mieux maîtriser son sujet. Elle imprima donc l'image au Regard Noir et la fixa au mur entre une photographie de la Baba Yaga et une autre de Luc Zilch.

35

De temps en temps

Comme chaque fois, il entendit sa mère pleurer et dire qu'elle avait mal.

Comme chaque fois, le regard étonné de son père lui échappa et bascula dans le noir.

Comme chaque fois, Vincent se réveilla, la poitrine étreinte par une angoisse invraisemblable. D'avoir parlé à la commissaire Marge avait réveillé le cauchemar.

Alors, comme chaque fois, il refit le trajet de ce jour funeste après lequel plus rien n'avait été comme avant…

Il entrait dans la maison de son enfance. À l'arrière, depuis le rez-de-chaussée, la lourde porte de service s'ouvrait sur un palier intermédiaire, pris dans l'escalier en béton qui descendait de la cuisine jusqu'à la cave. L'espace était rendu exigu par la présence de deux autres portes toujours fermées. L'une desservait la cuisine, en haut de cinq marches, l'autre, fragile et bancale, faisait directement face à la porte extérieure et cachait la vertigineuse descente vers le sous-sol.

En cette fin d'après-midi, les cris de sa mère s'étaient mélangés à celui d'un merle. Vincent n'avait pas compris sur le champ. Quand l'urgence et le désespoir avaient atteint sa conscience, il s'était rué, depuis le jardin, vers cette entrée…

Quelque chose bloquait le battant à mi-ouverture. Dans l'entrebâillement, il avait vu sa mère, couchée dans la volée d'escalier qui montait vers la cuisine, la tête en bas. Sa jambe droite formait un angle improbable et quelque chose de bizarre sortait de sa cuisse. Il y avait du sang autour de cette chose bizarre et sur son visage. Dans le regard d'Agathe, à l'envers et rivé sur lui, la terreur lui hurlait quelque chose en silence… Il avait compris en voyant l'énorme *ranger* prête à s'abattre. De toute la force de ses treize ans, Vincent avait poussé le lourd vantail, acculant ainsi son père contre la porte de la cave. Ils s'étaient trouvés face à face trois secondes durant lesquelles l'enfant avait vu les yeux de la haine et de la folie…

Puis la porte avait cédé.

36

Vendredi 30 octobre

À nouveau, la commissaire Marge roulait vers l'est. Quatre membres de la Brigade, dans la première voiture. Quatre techniciens de la Scientifique dans celle qui suivait. Tout ce monde partait perquisitionner Monsanglard. Élisabeth Fromanger les attendait là-bas.

Pénélope était allée sur le site du Centre Pompidou. Elle avait en effet pu voir des photographies de cette Robe de Chair, conçue comme une Vanité.

Elle s'était rappelé une visite dans un musée d'Amsterdam en compagnie de sa petite sœur. Églantine lui avait donné un véritable cours sur les Natures Mortes du XVIIème siècle. Devant le petit tableau d'un artiste au nom imprononçable, elle avait expliqué chaque symbole, le crâne humain représentant le devenir du corps, le livre dont les pages se tournent, la bougie en train de se consumer, la corbeille de fruits dont l'un est un peu pourri, le sablier… tous liés à la représentation du temps qui passe. L'intention de ces Vanités était d'expliquer aux spectateurs de l'époque, très croyants, le caractère éphémère de toute existence et l'importance de se préparer pour la Vie Éternelle. Vanitas vanitatum, omnia vanitas… Vanité des vanités, tout est vanité.

D'après Élisabeth Fromanger, Zilch avait l'intention de faire une sculpture en viande. Adèle, elle, n'était pas au courant, mais elle avait fait comprendre à Pénélope que si tel était le cas, il s'agissait d'un plagiat.

Les noyers, aujourd'hui complètement dénudés, se tordaient sous le ciel épais et noirâtre.

À l'approche de la porcherie, le passage des voitures dérangeait les corneilles. Elles se déplaçaient d'arbre en arbre, en vagues funestes. *Décor lugubre et approprié,* pensa Pénélope.

Élisabeth Fromanger et le père Caillat les accueillirent avec du café et des croissants. La galeriste semblait avoir à cœur d'éclairer les champs obscurs et effrayants qui s'étaient ouverts à son entendement. Elle voulait à tout prix retrouver Zilch, mort ou vif.

Le travail des techniciens de la Police Scientifique allait se concentrer, dans un premier temps, sur la salle d'abattage qui serait traitée comme une scène de crime. L'enjeu de cette intervention était de constater – ou non – des projections de sang récentes, en tout cas de moins de deux mois, et d'identifier leur nature.

La commissaire et ses hommes laissèrent à leurs expériences les collègues en combinaison blanche qui partirent fureter, en quête d'un cheveu, pourquoi pas d'un os. Chacun était à la recherche d'une piste. L'équipe manquait d'idées. Tout était incertain, volatil… Trop d'options étaient encore possibles.

Alors que Pénélope se dirigeait vers l'habitation, son regard fut détourné une nouvelle fois vers le talus, à l'arrière du bâtiment. C'était là qu'elle avait aperçu, lors de sa première visite, la peau glabre et blême des courges. Toutes avaient été ramassées. Abandonnés à leur sort, les feuillages, encore plus rouillés, s'enchevêtraient en un méli-mélo informe, en attendant de pourrir et de disparaître sous les pluies et les neiges.

Dans leur masse sombre, Pénélope avait repéré un mouvement noir, comme une palpitation irrégulière. En s'approchant, son regard avait rencontré l'œil brillant et exaspéré d'une corneille. L'oiseau avait visiblement très envie de fuir mais son occupation l'intéressait trop. Ce n'est que lorsque Pénélope se fut approchée à moins de cinq mètres que le corvidé s'échappa en rouspétant pour se poser sur un arbre voisin, en attendant d'y retourner. Il laissait sur place le corps picoré et sanglant d'une tourterelle à moitié dévorée qui n'avait pas eu la bonne idée de repartir vers des cieux plus cléments.

Ils ne trouvèrent rien. Aucune révélation sous le Luminol, ni dans l'abattoir, ni ailleurs. Nulle part dans le jardin, le moindre lambeau de terre suspect sous lequel on aurait pu fouiller. Nulle trace sous les lits, nulle empreinte dans leurs draps. Cuisine et salles de bains, entrepôts et soues, tout avait été passé au peigne fin. Élisabeth Fromanger semblait soulagée et ulcérée tout à la fois. Aucun dénouement ne paraissait envisageable. Cela ne correspondait pas à sa façon d'appréhender la vie.

Pénélope repartait incertaine. Elle ne voulait plus faire confiance à ce qui l'avait amenée à Monsanglard. Aujourd'hui, rien n'avait conforté cette idée mais elle la traînait à ses basques, comme un mauvais chien éconduit qui n'a pas dit son dernier mot. Bien sûr qu'il lui fallait coûte que coûte résoudre le mystère de la robe de chair mais elle n'avait plus d'inspiration.

Elle ressentait l'envie boudeuse de classer l'affaire. Ce n'était pas le moment. Sa hiérarchie s'enquérait régulièrement de l'évolution de l'enquête. Tous les jours, la disparition de Zilch était évoquée par la presse. Cette publicité mettait sous pression toute la brigade. De nouvelles recherches et battues avaient été organisées dans le Gard. Une équipe cynophile était sur place pour apporter son soutien à la police locale et aux gendarmes. Mais on était peu convaincu là-bas de retrouver quoi que ce soit après tous les orages d'octobre. Les débordements spectaculaires des cours d'eau et le charivari qui s'en était suivi restaient le seul espoir des enquêteurs. Ils pensaient que les crues tumultueuses décoinceraient peut-être le cadavre de Zilch, accroché à quelque berge depuis septembre.

Assise au chaud dans la voiture, Pénélope emportait juste l'image du petit corbeau, vorace et téméraire, qui, dès qu'elle avait tourné les talons, avait repris son festin là où il avait été interrompu. Dans combien de temps les chairs de la tourterelle auraient-elles disparu ? Combien de rafales de vent faudrait-il pour disperser ses plumes ? Que deviendraient ses os ?

37

Lundi 17 août (Acte III)

Elle avait méthodiquement rangé dans de grandes bassines les différents morceaux classés par taille, et mis dans la chambre froide tout ce qu'elle ne pouvait pas traiter dans l'immédiat.

Elle avait écharné les segments les plus longs avec minutie afin de préserver les tissus souples et humides dans leur intégrité... Puis, avec son couteau effilé, celui qui venait à bout des citrouilles les plus dures, elle avait découpé des filets dans l'épaisseur écarlate. Ensuite chaque bande avait été disposée bien à plat sur de grands plateaux tapissés de gros sel.

Les bruits qui s'écoulaient dans le bassin étaient mouillés et soyeux, les parfums écœurants et métalliques.

Ses doigts s'étaient peu à peu parés d'une gangue carminée et poisseuse. Ils s'engourdissaient sous l'effet des tensions et des gestes répétitifs.

Ce travail avait été long et éprouvant. Elle s'était installée du mieux possible devant la paillasse mais elle ressentait maintenant des tiraillements aigus dans le dos. Elle se motivait en imaginant l'ouvrage terminé, en pensant aussi aux raisons qui l'avaient amenée à cette situation.

À travers les lucarnes, elle avait vu le jour filer…

Quand elle eut recouvert les lés d'une épaisse couche de sel, rangé et lavé la pièce à grande eau, elle put enfin quitter ses gants percés qui retenaient la saumure contre sa peau. Elle rinça et sécha ses mains. Elles resteraient crevassées longtemps.

Ce n'est qu'à la tombée de la nuit qu'elle sortit le début de ce qui serait un bien long festin… afin qu'obstinément et systématiquement elles finissent le travail de nettoyage.

38

Dimanche 1er novembre

Paul corrigeait des copies sur la grande table de la cuisine. Pénélope, éteinte et fatiguée, le regardait faire en buvant du lait.

— C'était quoi le sujet cette fois ?

— Alors là, ne m'en parle pas !

Mais il était au contraire ravi d'en parler.

— Au départ, c'était une recherche sur la symbolique du miroir dans « Peau d'Âne ».

— Il n'a pas pris un petit coup de vieux, ce film ?

— Peut-être. Quoiqu'il en soit, il suscite la polémique parmi mes étudiants.

Pénélope dévisagea son mari avec des yeux inexpressifs.

— Une de mes élèves a refusé tout net de plancher sur ce film.

— … ?

— Elle était très exaltée. Très engagée dans ses propos. Je la sentais même écorchée.

— …

— Elle était furieuse contre le réalisateur.

— …

— Elle trouvait révoltante sa manière de traiter l'inceste.

Elle l'accusait d'avoir créé une princesse amoureuse de son père[7] et, du coup, d'atténuer la responsabilité du roi qui veut épouser sa fille.

Pénélope s'était redressée. Paul pouvait presque voir ses oreilles pointer vers lui.

— Plusieurs fois, elle a répété que l'idée d'une fille amoureuse de son père était, au mieux une posture d'intellectuel camp [8] étourdi par le mouvement de liberté des années soixante-dix, au pire un fantasme d'homme immature…

Cette fois, Pénélope était parfaitement ressuscitée. Paul continuait.

— … Elle en avait contre les esthétismes transgressifs qui ignorent la vraie vie et ce qu'elle peut avoir de sordide.

— Je n'ai pas revu ce film depuis que je suis adulte et je ne m'en souviens pas précisément. Mais, à la réflexion, elle met le doigt sur quelque chose d'intéressant, ton étudiante.

— Elle a dit aussi que dans chaque classe de France, un élève au moins est victime – et elle a bien répété VICTIME – d'inceste… que vis-à-vis de ces gens, le film devrait être, sinon interdit, au moins diffusé avec un commentaire qui restituerait la démarche du réalisateur. Un élève par classe ! Tu te rends compte ?

Bien sûr qu'elle se rendait compte, Pénélope. Les constats, les interpellations, les interrogatoires, la stupeur de ceux qui

---

[7] « On n'épouse jamais ses parents / Vous aimez votre père, je comprends / Quelles que soient vos raisons / Quels que soient pour lui vos sentiments / Mon enfant / On n'épouse pas plus sa maman / On dit que traditionnellement / Des questions de culture et de législature / Décidèrent en leur temps / Qu'on ne mariait pas les filles avec leur papa. » Chanson de la Fée des Lilas à Peau d'Âne dans le film de Jacques Demy (1970)

[8] Le « camp », terme anglais probablement tiré du français « se camper », est utilisé par les historiens de l'art et les critiques culturels pour décrire à la fois un style, une forme d'expression et un regard propres à la culture gay masculine.

n'avaient rien vu, et les enfants apeurés, détruits, tout cela gravait son quotidien…

— Quelle a été la réaction de tes autres étudiants ?

— Elle les a emmenés dans sa révolte. Je t'avoue que moi aussi elle m'a chamboulé. Après discussion, ils ont demandé que le sujet initial soit élargi à d'autres films. Du coup, je corrige un devoir sur la symbolique des miroirs au cinéma !

Paul venait de raconter une jeune fille blessée et en colère. L'histoire de Peau d'Âne et la réaction de l'étudiante, tout en suivant des circonvolutions gazeuses et imprécises, emmenèrent Pénélope, par un chemin inattendu, jusqu'à Vincent, jusqu'à sa part d'ombre. De fil en aiguille, elle repensa aux paroles de Fontenet… au comportement « inapproprié » que l'inspecteur Prieur pouvait parfois avoir face à la violence. C'était cocasse tout de même d'associer Vincent à Peau d'Âne.

Mais voilà, maintenant qu'elle l'avait eue, Pénélope n'arrivait plus à se décrocher de cette idée : il était arrivé quelque chose à Vincent… autre chose que la mort brutale de son père… quelque chose qui avait formaté son regard. Elle s'en était bien rendu compte. Le comportement inapproprié derrière lequel Pénélope ne savait trop quoi ranger était sa colère à lui…

Rares étaient les enfants qui, au bord d'être happés dans les filets de l'inceste, trouvaient une peau de bête pour s'échapper. Alors, ceux qui n'avaient pas eu de fée pour les sauver à temps, comment vivaient-ils après ?

39

Lundi 2 novembre

Minuit sonnait quand Vincent s'était levé tout d'un bloc. Il était allé écrire avant que l'idée ne disparaisse dans la nuit.

À son vrai réveil, il avait trouvé un petit mot abscons. Il l'avait lu deux fois. Sa poitrine avait palpité : il saisissait, au rythme de son cœur affolé, l'évidence que sa demi-conscience lui avait soufflée.

Maintenant, afin de vérifier cette évidence, lui et Pénélope roulaient à fond en direction des Chambaran, une fois de plus.

Lorsqu'ils se garèrent dans la cour de la Maison Mauve, il était à peine neuf heures. Adèle arrivait depuis l'arrière du bâtiment, en bottes de caoutchouc, un râteau à la main. Elle fut surprise. Pénélope lui vit un fugitif froncement des sourcils. Adèle était peut-être contrariée. Pour la première fois, les policiers venaient sans la prévenir. Pourtant, très vite, elle leur sourit.

— Bonjour madame. Nous avons à nouveau besoin de consulter vos photographies, lui dit le jeune homme.

— Tout est resté sur la table de l'atelier depuis l'autre jour. Si vous n'avez pas besoin de moi, je vous laisse aller seuls, vous connaissez le chemin. Avec le vent qu'il fait aujourd'hui, je crains que mes tas ne s'éparpillent. Le travail serait à refaire.

Vincent retrouva en effet les photographies telles qu'il les avait laissées, rangées en petits paquets, par périodes. Très vite, les policiers virent ce qu'ils étaient venus chercher : une photo de classe sur laquelle Sacha, en quatrième, ressemblait à s'y méprendre à sa mère au même âge.

Pénélope alluma son téléphone et fit apparaître le fameux cliché qui perturbait son inspecteur. Sur les deux images, la jeune fille portait les mêmes chaussures, le même pull. Ils s'étaient trompés. Ce n'était pas Adèle qui attirait l'attention de l'œil sombre. Ce n'était pas Adèle que l'on voyait hantée par la colère et le chagrin… C'était Sacha.

Pénélope était prête à imaginer, dans le trouble de Vincent, l'amorce d'un cheminement vers une idée de solution. Mais pour l'instant, tous les éléments tangibles qu'elle passait une nouvelle fois en revue lui donnaient une impression de conglomérat monté en épingle.

Un homme célèbre ne donnait plus de nouvelles.

Sa voiture était retrouvée là où il avait prévu de se rendre.

Une sculpture, peut-être en chair – mais en chair de quoi ? – s'était consumée par la volonté de celui qui l'avait fabriquée.

La maîtresse principale et galeriste du disparu le faisait chercher.

Deux autres femmes au moins gravitaient, de près ou de loin, autour de lui : l'une jalouse et dépitée – peut-être –, l'autre détachée voire désabusée.

Le reste n'était que suppositions et plans sur la comète.

Et là, au bout de l'obsession de Vincent, un nouveau personnage apparaissait dans le réseau complexe des possibles. Sacha.

Sacha, loin des tentaculaires intuitions de Pénélope, à l'abri, de l'autre côté de l'océan… Sacha à qui la commissaire avait parlé au téléphone. Sacha qui semblait ne plus connaître son père. Sacha qui était en France à la Maison Mauve, au cœur de l'été, peut-être au cœur de cette histoire, en tout cas, bien là le jour où Zilch y était arrivé. Sacha enfin, tellement absente du récit de sa mère…

40

Lundi 3 août (Acte II)

Elle était absorbée par sa tâche et elle pleurait. Il fallait faire vite. L'été n'était pas favorable à la conservation et les mouches s'intéressaient avec de plus en plus d'insistance au paquet de viscères. Elle devait les écarter avant qu'elles ne pondent. C'était exaspérant.

Elle avait ciselé le thym et la coriandre, émincé les oignons, l'ail et les échalotes. Leur parfum puissant piquait les yeux et assaillait sauvagement les sinus. Leur prégnance avait en partie absorbé le fumet des cèpes en train de fondre dans la poêle.

Pourtant, les effluves douçâtres du sang frais s'agrippaient encore à l'atmosphère de la cuisine.

Malgré cette odeur qui lui donnait plus que jamais envie de vomir, elle avait dénervé les abats avec soin puis les avait hachés menu. Elle avait ensuite mélangé le tout avec des œufs et de l'Armagnac. C'était une recette qui lui venait de loin et qui servait à sa grand-mère quand elle apprêtait les parties peu nobles d'un sanglier.

Maintenant, les petits pots de verre, stérilisés, s'alignaient sur la table. Elle avait accroché à la ferrure des couvercles de tout petits cochons en bois... Comme ça, pour rire... parce qu'elle avait eu une idée, une idée réjouissante.

41

Lundi 2 novembre

Les déplacements de Sacha Zilch avaient été vérifiés dès le début de l'enquête. Son arrivée en TGV le 26 juillet. Son retour à Paris le 2 août. Son envol pour les USA le même jour. Selon les dires d'Adèle, elle n'avait pas rencontré son père.

Toute l'attention de Vincent était éveillée depuis le début par cette non-rencontre. Il était arrivé à convaincre Pénélope. Il y avait ici un nœud à dénouer, quelque chose qui les aiderait à mieux connaître Luc Zilch, un fil qui pouvait les conduire à lui, un fil à tirer qui détricoterait l'enchaînement des évènements jusqu'à sa disparition.

Alors, tous deux se penchaient sur l'écran du téléphone pour entrer dans le secret de cette image.

Ils avaient comparé le regard noir, planté dans Sacha, avec les portraits de Zilch. Rien n'était sûr. Ils s'étaient abîmés à l'observer jusqu'à ce que les grains de la photo deviennent une abstraction muette. Plus le détail se dilatait, plus l'ensemble leur échappait. Pénélope craignait d'inventer une ressemblance et de fabriquer une histoire à partir de rien, mais elle voulait suivre encore la logique folle de Vincent. L'aplat charbonneux de la prunelle la mettait mal à l'aise. En le fixant encore et encore, elle comprit ce qu'elle n'y trouvait pas.

Elle cherchait un petit éclat de sentiment, comme les virgules blanches qui, dans une peinture, donnent l'illusion de la lumière et l'intonation de vie. Mais cet aplat était un vide. Et le regard était si froid…

Ils avaient retrouvé Adèle dans le jardin. Elle rassemblait des aiguilles de sapins séchées par l'été. Elle semblait absorbée par sa tâche.

— Madame Zilch, nous avons quelques questions à vous poser.

Ils la voyaient de dos. Elle avait marqué un arrêt avant de se redresser puis un autre avant de se tourner vers eux, comme si elle se donnait encore un peu de temps.

Ils avaient décidé d'aborder le sujet avec douceur. Malgré tout, Vincent savait que leurs questions lui feraient mal.

— Bien sûr. À quel sujet ?

Elle leur souriait. Dans les yeux d'Adèle, le soleil avait avivé une tache jaune que l'inspecteur n'avait pas remarquée jusque-là. Il lui trouva un regard de louve.

— Lors de notre première rencontre, vous m'aviez dit que votre fille Sacha était repartie sans voir son père ?

— Oui, elle avait le train à prendre, puis son avion à ne pas rater.

— Elle savait que son père devait venir à la Maison Mauve ?

— Elle le savait.

— Et lui, il savait que sa fille était ici ?

— Oui, il savait aussi qu'elle devait repartir. Il n'est pas arrivé plus tôt pour autant.

— Ils ont ce genre de relation depuis longtemps ?

— Depuis l'adolescence de Sacha. Ils se sont éloignés l'un de l'autre. Sacha a durement ressenti le désintérêt de son père pour elle.

— On a pourtant l'impression, en regardant vos photos, que vous étiez une famille plutôt unie et heureuse durant l'enfance de Sacha.

— Disons que Luc, à partir d'un moment, a préféré son succès à sa famille…

Pénélope se fit plus précise.

— Avez-vous remarqué une attitude inconvenante de votre mari à l'égard de votre fille lorsqu'elle était plus jeune ?

— Inconvenante ?

— Vous est-il arrivé de constater chez monsieur Zilch des comportements qui auraient pu mettre Sacha mal à l'aise ?

— Mais quelles sortes de comportements ? Luc s'est souvent enivré devant sa fille. Ça ne plaisait pas à Sacha… Est-ce à ce genre de comportement que vous pensez ?

— Je vais être plus claire, madame Zilch. Érotisait-il sa relation avec elle ?

Adèle sourit.

— Franchement non, il avait trop à faire avec ses nombreuses petites amies !

La discussion ne menait à rien. Vincent se persuadait qu'il s'était trompé, que ses démons avaient fait une incursion malheureuse dans son travail et qu'il lui faudrait à présent les surveiller de près.

Pénélope pensa une seconde qu'Adèle était peut-être dans le déni. Sa voix moqueuse, ses yeux au bord du rire eurent raison de ce petit doute.

— Et vous, madame Zilch ? Vous m'aviez parlé d'un lien fraternel entre vous et monsieur Zilch. Comment avez-vous vécu ses infidélités ?

— Vous savez, madame, je pense que les femmes ont le pouvoir de maîtriser leur biologie, de ne pas être dépendantes de leurs pulsions. À partir du moment où on se dit que l'amour n'est qu'une galère cérébrale, on peut dominer son malheur. Bien sûr, j'ai pleuré, j'ai hurlé. Mais ce qu'il y a de certain, c'est qu'on ne change pas les autres.

Pénélope se demandait si le Grand Artiste avait voulu la décapiter elle aussi. Elle n'était pas certaine qu'il ait réussi. Elle entendait Élisabeth Fromanger dire d'Adèle qu'elle était une amibe… La bonne blague ! Cette femme était magnifique.

42

Lundi 2 novembre, un peu après

Ils étaient encore sur leur faim en quittant la Maison Mauve.

Pénélope avait demandé à madame Zilch pourquoi elle s'était retirée du monde des arts plastiques.

La réponse avait été longue et détaillée. Adèle avait fait un récit désabusé...

Sa production avait consisté en un encombrement de toiles peintes très grandes, très hautes, très larges. Ces tableaux auraient pu être décoratifs et finalement « respirables ». Non, c'était de la figuration pure et dure, des sujets provocants, dérangeants, mégalomanes. Laque de garance et rouge de cadmium saignaient avec ostentation. Les fonds étaient si sombres que toute la lumière alentour s'en trouvait absorbée. Pour être les plus immenses possibles, les châssis de toile tendue étaient calculés et construits afin de sortir de l'atelier par la diagonale des portes... Pas moins... On se griffait sur des empâtements de matière sculptés à la grosse spatule. Cela plaisait aux spectateurs, amateurs de peinture « couillue », qui s'ébaudissaient dans l'ambiance feutrée des vernissages. Bref, elle remplissait son rôle d'artiste, omniprésente, égocentrique... visible.

Puis elle s'était sentie dépassée par les formats qui usaient sa ténacité, par la violence convenue de ce genre d'expression et par le parfum finalement écœurant de ses couleurs. Les gestes du peintre, qui se devaient incisifs et rédhibitoires, lui semblèrent un jour dérisoires, voire ridicules. Elle avait alors rangé dans un grenier tout ce mobilier envahissant et n'en avait plus parlé. Elle l'avait renié. Elle l'avait oublié.

Elle s'était laissé tenter par des postures plus conceptuelles. Mais là aussi, il fallait se plier à des dictats auxquels elle ne croyait plus. Et puis, plus rien. Plus d'envie.

Depuis quelques années, elle écrivait des nouvelles horrifiques pour les enfants et connaissait un petit succès éditorial. Plus besoin de matériaux et d'outils encombrants, seulement la liberté d'imaginer et de raconter des histoires. Enfin !

— Voilà, avait-elle conclu.

Pénélope avait trouvé l'autodérision d'Adèle déprimante. Elle apercevait chez cette femme une peur de la lumière et une attirance pour le secret qui la touchaient, qui la troublaient aussi. L'artiste s'était sans doute éteinte à l'ombre de Zilch. Pourtant, dans la description de son lent processus de dénigrement, elle n'avait pas fait allusion à son mari.

Vincent avait lui aussi eu une impression de désillusion et de tristesse. Il ne mettait pas en cause la sincérité d'Adèle. Il avait juste trouvé son discours, ou plutôt sa confession, hors sujet.

Il avait maintenant empoigné le volant et il ressassait.

Pénélope, installée à la place du passager, avait pu caler son corps plus ou moins comme elle l'entendait. Elle grattait son cuir chevelu comme une démente. L'air glacial, sans doute, avait affolé une myriade de petites pattes qui semblaient courir sur sa tête. Elle était contente de s'abriter enfin de l'humidité de la forêt et de la bise qui soufflait dans le jardin d'Adèle. Le froid l'avait saisie insidieusement jusqu'à engourdir sévèrement ses pieds et ses mains.

À la réflexion, elle n'était pas sûre que l'austère climat des coteaux en fut la seule cause. Par sa question idiote, elle avait détourné madame Zilch de ce qui les préoccupait. Maintenant, au chaud, dans le secret de ses pensées, elle savait qu'elle avait délibérément orienté la conversation. Tout d'un coup, elle avait eu peur qu'Adèle soit prise au dépourvu, qu'elle dise des paroles qui l'auraient perdue. Elle la voyait toute seule, toute droite, toute fine, avec ses bottes et sa brouette, devant une fourmilière géante, au milieu d'un jardin qui était le sien depuis toujours. Cette femme, qu'elle aimait bien, était à des lieux de l'univers sophistiqué et convenu dans lequel évoluait Luc Zilch, et elle paraissait à sa place là où elle était.

Pénélope réalisait que jusqu'ici, jamais elle n'avait pensé qu'Adèle pourrait avoir, de près ou de loin, une responsabilité dans la disparition de l'artiste et dans tout ce qui allait avec. Mais dans le vent acariâtre, elle semblait si dure, si guerrière. Elle était si peu banale… Marge avait eu un doute qu'elle n'avait pas voulu entendre. Cet infime reniement d'elle-même, de ce pourquoi elle s'était engagée dans ce métier, agissait maintenant comme une petite mort et contribuait aussi à refroidir son corps.

Les deux policiers étaient repartis vers Lyon sans se parler.

Pénélope se disait que Vincent en voulait à son inconséquence, peut-être même à son incompétence. S'il avait su…

Elle préféra ne pas mettre Peau d'Âne sur le tapis aujourd'hui. D'ailleurs, elle était trop fatiguée. La chaleur de la voiture et le soulagement d'être enfin assise la ramollirent brutalement.

Elle essaya un instant de visualiser et de comprendre ce qui avait fait basculer sa certitude. Elle se frottait toujours la tête avec la pulpe des doigts, en appuyant très fort. Les fourmillements insupportables finirent par se désagréger, alors qu'elle glissait dans une somnolence plus éveillée qu'endormie, mais assez confuse malgré tout. Elle se dit qu'Adèle avait mué et que la nouvelle peau était enfin ajustée à sa taille. Elle se rappela l'élégante couleuvre qui habitait dans le jardin de sa mère et qui laissait régulièrement ses parures trop étroites sur les marches du perron.

Puis elle pensa à Paul, à leur bébé, aux histoires qu'ils lui raconteraient pour l'endormir le soir… Tout de même, le concept de « nouvelles horrifiques pour les enfants » la rendait perplexe.

43

Lundi 2 novembre

— Voilà.

C'était ainsi qu'Adèle avait mis fin à sa petite histoire. Une histoire bien ronde, bien ficelée, dans laquelle son rôle ne manquait pas d'élégance.

Ce « Voilà » troublait Vincent. Il mettait des guillemets autour du récit d'Adèle. Ne s'était-elle pas engouffrée dans les questions de Pénélope avec des réponses étudiées, des réponses préparées. N'avait-elle pas tu ce qui était important ?

Lorsque la commissaire avait fait allusion à un Zilch incestueux, Adèle avait compris de quoi on parlait. Elle aurait dû s'indigner ou se déstabiliser… Au lieu de ça, elle avait souri. Quelque chose clochait.

Elle s'était jouée d'eux. Vincent en était sûr. L'aura d'Adèle l'avait happé, comme à chacune de leurs rencontres. Il avait manqué de sagacité et de répartie, il avait perdu ses moyens et ses réflexes de flic. Il n'avait pu réagir qu'après. Tout ça parce qu'il ressentait autour de cette femme une opacité familière.

44

Mardi 3 novembre

Élisabeth Fromanger venait d'apprendre que l'administration, en l'état actuel de l'enquête, ne savait pas dire si Zilch était un disparu ou un absent. Elle avait un peu souri. Elle avait trouvé, avec beaucoup de condescendance, que le fonctionnaire qui lui racontait cette histoire finassait un tantinet.

Quand elle s'était rendu compte que, selon l'option, il faudrait peut-être attendre dix ans pour que la succession de Zilch soit solutionnée, elle s'était empressée d'obtenir un rendez-vous auprès de la commissaire Marge.

Elle était bien sûr arrivée accompagnée de son parfum et de ses lainages noirs, de ses gants et de ses talons invraisemblables, de ses lunettes impénétrables aussi. Elle avait expliqué, le plus calmement possible – sa voix avait tout de même frôlé des aigus vertigineux – qu'elle devait organiser le transport des œuvres vers les États-Unis pour le mois prochain, en vue de la rétrospective newyorkaise prévue de longue date. Le contrat qu'elle avait avec Zilch permettait à la galerie de garder une main mise sur ses œuvres et d'en pérenniser le commerce en cas de décès. Son problème, si Zilch était considéré comme vivant, était qu'il lui fallait sa signature pour les douanes. Hors de question de tricher, les Américains ne transigeaient pas avec le mensonge…

— Enfin, Commissaire, qu'est-ce qui détermine cette nuance ? Pourquoi absent plutôt que disparu ?

— On n'a pas trouvé le corps de monsieur Zilch. Vous êtes d'accord sur ce point ?

— …

Élisabeth Fromanger leva si haut les yeux au ciel que Pénélope put apercevoir ses paupières par-dessus les verres fumés.

— On ne peut donc pas déterminer avec certitude qu'il est mort. Vous êtes toujours d'accord ?

— …

Les sourcils de la galeriste étaient restés bloqués en haut. Elle pensait si fort que la police était payée à ne rien imaginer de constructif et qu'on lui faisait perdre son temps, que Pénélope pouvait presque palper les assauts muets de son irritation. Cependant, Marge continuait comme si de rien n'était.

— Depuis que vous n'avez plus de nouvelles de lui, il a fait expédier une sculpture dont vous aviez parlé et qu'il avait prévu de réaliser. Vous êtes encore d'accord ?

— Où voulez-vous en venir ?

— Rien ne contredit l'hypothèse que monsieur Zilch ait eu envie d'aller voir ailleurs, sans rien dire à personne, pour vivre une autre vie.

— Vous rigolez !? Que Luc vive incognito !? Qu'il laisse tomber la célébrité et tous les avantages matériels que cela lui apporte ? Mais non ! Pour rien au monde il n'aurait fait l'impasse sur une inauguration à sa gloire !

— Madame Zilch affirme que son mari ne voulait pas assister au vernissage de cette exposition. Jusque-là, il me semble que rien ne contredit cette hypothèse. On dirait bien que monsieur Zilch a voulu s'éclipser. Dans ce cas, il est considéré comme « absent ». Il peut réapparaître... bien vivant.

— MOI, je contredis cette hypothèse ! Pourquoi aurait-il dit, à elle une chose, et à moi son contraire ? On a organisé le vernissage ensemble. Ce n'était pas son projet de s'évaporer, ça c'est sûr.

Pénélope sourit. Un « Moi » monstrueusement développé rendait cette femme naïve et obtuse. Élisabeth Fromanger répondit au sourire d'un ton aigre.

— Vous vous méprenez sur le sens de ma question, commissaire. Vous pensez qu'il n'a pas eu envie d'une dispute en m'apprenant sa décision, n'est-ce pas ? Luc n'a pas peur des conflits. On pourrait même penser qu'il s'y ressource. Je vous rappelle que je suis venue solliciter une enquête en tant qu'employeur. Le contractant Luc Zilch devait être présent à son vernissage. Jusque-là, il a toujours été un professionnel rigoureux. Non, ce que j'essaie de vous dire, c'est qu'Adèle a peut-être inventé... par jalousie par exemple... ou pour une tout autre raison...

Si Pénélope avait au moins une certitude dans cette affaire, c'est qu'Adèle n'était pas – ou n'était plus – jalouse de Zilch. Peut-être fallait-il en effet découvrir d'autres justifications.

Élisabeth Fromanger s'adressait maintenant à la commissaire comme on s'adresse à une personne un peu demeurée.

— Où en sont vos recherches dans les Cévennes ? Plein de gens y disparaissent. On les considère bien comme « disparus », non ?

Inversant les rôles, Pénélope répondit très pédagogiquement.

— Vous parlez de personnes qui disparaissent dans le cadre d'une catastrophe ou dans des circonstances claires dues aux conditions naturelles. Rien ne prouve que monsieur Zilch ait été pris dans les orages d'automne, qui ont d'ailleurs commencé bien après son arrivée supposée là-bas. Quoiqu'il en soit, les itinéraires possibles, depuis l'emplacement de son véhicule, ont été inspectés plusieurs fois.

— Il n'a pas pu tomber dans un trou ?

— À une cinquantaine de kilomètres à l'ouest du hameau, où sa voiture était garée, il y a en effet des crevasses. Trois de nos équipes spéléo ont cherché dans les gouffres répertoriés, jusque vers Bramabiau. En direction du sud aussi. Le problème, ce sont les trous anonymes dont on a oublié l'existence, les trous que les bergers et les gens du coin connaissaient parce que leurs brebis ou leurs chèvres y tombaient. Maintenant, plus personne ne vit dans les villages d'altitude. La vraie connaissance du terrain a disparu avec les derniers vieux. On ne sait plus où sont ces trous.

— Et alors, si par hasard il était tombé dedans et qu'on ne le retrouve pas, comment fait son entourage ?

— Il attend… dix ans.

Pénélope sentit que sa réponse, certainement trop laconique, amenait doucement la galeriste au bord de l'hystérie. Afin de la calmer, la commissaire parla des clefs de voiture restées en évidence sur le tableau de bord.

— Et alors ?

— On peut imaginer que monsieur Zilch, s'il est parti pour ne pas réapparaître dans l'immédiat, désirait que son 4X4 profite à quelqu'un. On ne laisse pas ainsi ses clefs si on veut être certain de récupérer sa voiture.

Élisabeth Fromanger prit un air mauvais.

— Et qu'avez-vous découvert sur la sculpture incendiée ? Ce n'est pas de la chair ? C'est de la chair ? C'est de la chair de quoi ? C'est de la chair humaine ? Vous avez bien émis l'hypothèse que ça pouvait être de la chair humaine ? C'est le cadavre de Luc qui est parti en fumée ?

La petite femme avait envoyé une salve de questions pour confondre la commissaire, pour lui exprimer tout son mépris. Elle grimaçait... Peut-être de colère, peut-être de souffrance. La mort de Zilch et l'organisation de l'exposition newyorkaise étaient reléguées à l'arrière-plan de ses frustrations d'enfant.

Pénélope l'imagina adolescente, en Bernadette, avec un nez qu'elle n'aimait pas, avec l'idée qu'une odeur de cochon lui collait à la peau, avec une insignifiance qui l'empêchait de séduire Luc Zilch...

La commissaire avait cru Adèle, pas elle. Du coup, Il n'y avait plus de retenue à son ressentiment. Elle ne nommait pas sa vieille rivale, mais la haine qu'elle lui vouait depuis toujours rigidifiait ses traits et ricochait sur Marge.

En face de tout ce dépit, Pénélope pensa à la reine sorcière de Blanche-Neige.

Alors qu'elle était enfant, sa sœur aînée l'avait emmenée voir, dans un petit cinéma qui ne diffusait que des dessins animés « vintage », le film de Walt Disney. La grande avait mis en condition la petite en lui racontant que c'était la reine maléfique en personne qui sortait du fond de l'image pour finir d'ouvrir le rideau de l'écran. Au premier gros plan sur le visage de la marâtre, à l'idée de la voir quitter l'espace figuré, Pénélope avait hurlé si fort et avec une telle obstination que les deux sœurs avaient dû quitter le cinéma. N'était-ce pas sa première rencontre avec une psychopathe ? La belle-mère de Blanche-Neige, ravagée par la jalousie, n'en était-elle pas un archétype, dans le tout premier thriller pour petits ?

Élisabeth Fromanger était-elle, elle aussi, une tueuse névrosée ?

— Nos collègues de la Police Scientifique comparent les tissus adipeux, visibles sur les images qui nous restent de la sculpture brûlée, avec les tissus graisseux de différents animaux. Ils font également ce travail avec la robe de chair exposée à Beaubourg. Par ailleurs, ils analysent des tomodensitométries du tissu adipeux humain. Lorsqu'ils auront fait la synthèse de ces recherches, on pourra émettre une hypothèse – et une hypothèse seulement – sur la nature du matériau dans lequel a été cousue la robe de votre Baba Yaga. Et même si on envisageait la possibilité qu'elle ait été faite en chair humaine, rien ne permettrait d'affirmer que cette chair ait appartenu à Luc Zilch. Aucune trace d'ADN n'a survécu au feu.

— Tomodensitométrie ? scanda Élisabeth Fromanger.

— Il s'agit d'une technique d'imagerie médicale qui mesure l'absorption des rayons X par les tissus corporels. Par traitement informatique, elle numérise les données reçues. Pour obtenir ces données, on emploie la technique d'analyse « par coupes » en balayant un patient avec un faisceau de rayons X », récita Pénélope qui, obligée d'expliquer le concept à son équipe, avait parfaitement appris le laïus Wikipédia lorsqu'elle s'était trouvée aux prises avec ce gros mot.

45

Mercredi 4 novembre

— Bonjour Marge. Alors vous en êtes où avec l'affaire Zilch ?

Ovibos, le commissaire divisionnaire, venait d'entrer dans le bureau de Pénélope. C'était un ancien champion de lutte dans la catégorie des soixante kilos. Il avait des jambes courtes et un bassin étroit. Des trapèzes énormes donnaient l'impression que sa tête et son torse ne formaient qu'un seul bloc. Cette curieuse morphologie lui donnait l'allure d'un petit bison.

C'était un homme jovial qui laissait en général Pénélope mener tranquillement ses enquêtes. Ce n'est que lorsqu'un trop-plein de pression lui arrivait de plus haut qu'il apparaissait sans crier gare. Bref, ses visites signifiaient clairement qu'il fallait accélérer le rythme.

— Bonjour, monsieur le Divisionnaire.

— Voyons-nous une petite lueur de conclusion ? J'ai eu le préfet. La Fromanger fait tout un foin. Elle le harcèle par connaissances interposées. Elle veut pouvoir expédier les œuvres de Zilch aux États-Unis. Mais enfin, vous le savez certainement. Je l'ai vue sortir de votre bureau en pétard, hier. Aussi sec, elle a tapé plus haut.

— Pour le moment, on a deux pistes. La plus probable serait la piste cévenole, avec deux options. Soit il est parti pour changer de vie – vu le calibre du personnage, cette solution n'est pas du tout impossible ; soit il a eu un accident pendant sa balade. Mais on ne le retrouve pas.

La voix de Pénélope avait perdu sa fermeté habituelle. Ovibos le remarqua. Ses gros sourcils se soulevèrent. Consciente d'être regardée avec attention, Pénélope devint de moins en moins sûre d'elle. Le commissaire divisionnaire remarqua cela aussi. Mais comme il détestait déstabiliser les gens, ses subalternes en particulier, soit qu'il ait déjà eu son compte de rapports de force et de victoires musclés, soit qu'il considérât sa fonction de plus haut et plus humainement que la plupart de ses collègues, il prit un ton paternel… Il avait certaines aptitudes et de l'expérience dans ce domaine.

— Oui, j'ai lu votre rapport. Et la deuxième piste ?

— C'est la sculpture brûlée.

— La Scientifique fait une analyse des clichés ? J'ai vu ça. Qu'est-ce que vous voulez trouver ?

— On veut être certains qu'elle n'était pas constituée de chair humaine.

— … ???

— Rien d'exploitable n'est resté après l'incendie. La sculpture s'est entièrement consumée. Le fil de chauffe intégré dans la résine était très long. Il n'y a pas de doute là-dessus, la personne qui l'a fabriquée voulait qu'elle disparaisse totalement.

— Vous trouvez que c'est une solution simple pour effacer un macchabée, vous ? Et le reste ? Les os ? Les cheveux ? Les viscères ?

— À vrai dire, on patauge. On ne sait pas ce qu'on doit chercher et on ne sait même pas si Zilch est mort.

— Eh bien, commencez par trouver le pyromane. Ils en sont où, vos collègues de la Scientifique ?

— Ils butent sur les amalgames de résine qui se confondent visuellement avec les résidus de gras. Du coup, il leur est compliqué d'identifier clairement la nature du tissu adipeux à partir des photos. Mais ils ont de l'espoir.

— Quoiqu'il en soit, il faut qu'on puisse rapidement dire à la Fromanger si son artiste est un disparu ou un absent... Elle est capable de s'adresser au Ministre. Je crois qu'elle préfèrerait qu'il soit mort, ça lui faciliterait la vie.

Ovibos fit un clin d'œil à Pénélope pour l'encourager. Il allait sortir quand il se ravisa et referma la porte pour parler en toute discrétion.

— Vous en pensez quoi, vous, de cette histoire de sculpture en viande ?

— Cette idée me met mal à l'aise. Avant même de savoir qu'elle était fabriquée avec de la chair, cette œuvre m'a fait un drôle d'effet.

— Suivez votre instinct, Marge... Jusque-là il ne vous a pas trahie, et vous avez eu un paquet d'affaires tordues à traiter ! Si vous avez besoin d'une nouvelle commission rogatoire pour aller fouiner là où vous pensez qu'il faut fouiner, je m'en charge. J'ai le juge bien en main. D'ailleurs, vous ne deviez pas allez une nouvelle fois chez la restauratrice ?

— C'est prévu pour demain.

— Cette Arlette ne fait pas partie de vos pistes solides ?

— Mon problème, Commissaire, c'est que je n'ai pas de piste solide.

Pénélope avait dit cela avec l'exaspération des enfants impuissants. L'intonation capricieuse présageait une envie pressante de tout laisser tomber, d'abandonner, de se laisser porter ou de couler.

Elle inquiéta Ovibos qui regardait maintenant attentivement la jeune femme. Il se disait que, peut-être, ce volume qui enflait chaque jour un peu plus dans le corps de la commissaire, un de ses meilleurs officiers, était en train d'écrabouiller son flair… Il savait Pénélope organisée et précise. Elle menait bien ses hommes et ceux-ci l'appréciaient. Depuis qu'elle était à sa tête, la brigade obtenait des résultats indéniables.

Mais aujourd'hui, Ovibos avait repéré son errance vers des univers aqueux et instables. Il remarquait surtout que cet état d'incertitude avait aspiré toute sa confiance. Il ne la reconnaissait pas. Se reprochait-elle quelque chose sans vraiment vouloir l'admettre ? Elle avait dû se raconter une histoire et découvrir que le méchant n'était pas celui qu'elle croyait… Pire, elle avait peut-être pris pour un gentil, le méchant qu'elle cherchait. Pour aider, Ovibos tenta une métaphore.

— Si vous voulez bien, écoutez le conseil d'un vieux combattant de gymnase. En lutte gréco-romaine, chacun se bat avant tout contre lui-même. Un lutteur doit impérativement découvrir ses propres faiblesses en s'adaptant à celles de son adversaire. Il doit intégrer ce que l'autre voit et vise en lui pour arriver à se surpasser.

N'étant pas certain d'avoir capté les signaux synaptiques de Pénélope, il crut bon d'apporter quelques précisions pour baliser les eaux troubles, pour lui donner un cap.

— Il y a peut-être en vous quelque chose qui vous empêche de voir l'éléphant debout au milieu de la pièce. Il se peut que vous ayez déjà rencontré ce fameux adversaire, l'incendiaire par exemple, à qui vous devez vous adapter.

Imaginez alors qu'une parcelle de vous ne veuille pas le voir… et que lui sait ce qui vous empêche de voir ce qu'il y a à voir.

Le larynx de Pénélope devint tout sec. Elle eut l'impression d'avaler des cailloux en déglutissant.

Ovibos fit encore une fois mine de sortir. Encore une fois, il se ravisa.

— Et ce bébé ? C'est un sportif ? Il vous donne des coups ?

— Il me donne surtout envie de vomir.

— Mangez des pamplemousses, Marge. C'était la recette favorite de ma femme dans ces occasions-là. Le pamplemousse a toujours été efficace.

Madame et Monsieur devaient savoir de quoi ils parlaient. Les Ovibos avaient six garçons, six petits bisons, six futurs champions de lutte gréco-romaine. Ces gens charmants auraient pu faire des garçons encore et encore… jusqu'à ce qu'ils aient une fille. Ils voulaient tellement une fille ! Mais Madame avait peut-être fini par trouver les pamplemousses écœurants eux aussi.

Quand le commissaire divisionnaire eut définitivement refermé la porte, Pénélope demanda par texto à Paul d'en acheter quelques-uns en rentrant de cours. Puis elle s'installa au mieux dans son fauteuil. Elle aurait bien flotté encore, en boudant sur son insuccès et sur son attitude contestable… pour se donner le temps d'avoir une bonne idée. Mais elle était soudainement violemment tortillée.

Ovibos avait mis le doigt sur sa culpabilité. Depuis deux jours, elle ne voulait pas y penser mais elle la sentait s'ouvrir et se ramifier tel un champignon nocif, un champignon dentelé et arborescent qui s'enroulait méchamment autour de son sternum. Elle voyait l'article R.434-11 du Code de Déontologie de la Police Nationale, celui qui traitait de l'Impartialité, battre au vent en grinçant comme un portail rouillé et inutile. Le sentiment d'avoir failli était lancinant et soporifique. Le regard affûté de son chef l'avait prise en défaut. La bonne élève qu'elle était naturellement ne le supportait pas. Son supérieur lui suggérait de réagir et elle allait prendre le taureau par les cornes. Elle décortiquerait ce tout petit moment durant lequel un signe l'avait alertée ... et durant lequel elle avait vacillé.

Pénélope s'assit au bord de son fauteuil, le dos bien droit, les jambes légèrement écartées pour être parfaitement stable. Elle ouvrit son Moleskine sur une double page vierge et concentra toute l'énergie contenue dans son crâne pour se souvenir.

Elle revit madame Zilch se glisser dehors entre les battants de l'énorme porte pour l'accueillir, lors de sa première visite à la Maison Mauve. Malgré son âge, Adèle avait une allure de lutin, alerte et à l'aise dans cette grande maison étrange, au milieu de la forêt. Déjà, à cet instant, Pénélope était conquise. Elle se rappela la tiédeur du hall d'entrée et le parfum des petits gâteaux. Adèle l'avait séduite.

La mémoire de Pénélope bifurqua brusquement. Cette fois, elle visualisa Adèle debout dans le jardin, agrippée à son râteau... Oui, agrippée au manche. Les articulations de sa main étaient blanchies par la tension. Était-ce cette crispation qui l'avait alertée ? Ou son sourire, surréaliste, dans le contexte de la discussion ? Pénélope était certaine qu'un autre élément, prisonnier de la profondeur de champ, était venu se caler dans sa conscience, tel un morceau anodin qui donne toute sa cohérence à un puzzle. Mais l'image s'était enfuie en salissant un peu Adèle. Pénélope n'avait pas aimé cela. Ça ne correspondait pas à l'idée qu'elle avait de cette femme.

Elle pensa à leur retour de la Maison Mauve, ce jour-là. Ni elle, ni Vincent n'avaient dit un mot. Marge avait plus ou moins dormi. Mais même au travers de son sommeil, elle avait entendu le silence de son lieutenant.

Ce n'est qu'en arrivant dans les embouteillages lyonnais qu'il lui avait parlé de leur chatte, à lui et à sa mère. Il avait raconté un accouchement pénible. Deux petits avaient survécu. Minouchette, en toute liberté, vivait sa vie de chasse et de paresse. En dehors des séances d'allaitement, elle semblait peu soucieuse de ses bébés. Pourtant, dès que Vincent ou sa mère, qui la nourrissaient et la cajolaient, en qui elle avait confiance, approchaient des chatons, elle arrivait dans leurs jambes en courant. Elle tournait, elle miaulait. Elle était inquiète. Elle faisait diversion.

Inconsciemment, Vincent avait associé Adèle et la mère chatte. Il n'avait pas pu s'empêcher d'en parler. Aujourd'hui, cette juxtaposition s'insinuait dans la concentration de Pénélope.

Après avoir bien aplati son carnet pour qu'il reste grand ouvert, elle écrivit :

1 – Adèle Zilch / Chatte de Vincent inquiète pour ses petits...

2 – Le sourire d'Adèle n'était pas une réponse convenable...

3 – Nouvelles horrifiques pour les enfants / Horrifique ouvrage d'aiguille = robe de chair

4 – Retourner sur place, dans le jardin d'Adèle... J'oublie quelque chose...

Pénélope resta fixée sur cet oubli. Son cerveau était pourtant inventif… Peine perdue… Il finissait toujours par se heurter à une paroi capitonnée, parfaitement circulaire, et rebondissait contre sans trouver d'issue.

De petites étoiles cuivrées apparurent au bord de son champ de vision. Elle voulut les chasser de la main mais les lucioles obstinées restèrent à leur place, impalpables et narquoises. Puis les pépites de lumière disparurent dans une auréole sombre et se transformèrent en douleur, une douleur pointue qui aiguillait les tempes. Pénélope ferma les yeux pour se soulager.

Sous ses paupières closes, la douleur finit par se retirer doucement, laissant dans sa traîne des brillances rougeâtres prêtes à s'enflammer de nouveau. Une idée fixe et aberrante avait poussé dans cette petite fièvre.

Pénélope nota un cinquième point : *Téléphoner à Maman et lui parler de la couleuvre…*

46

Minuit entre mercredi 4 et jeudi 5 novembre

Les vitamines des trois pamplemousses qu'elle avait engloutis avant le repas du soir empêchaient Pénélope de sombrer. Paul dormait bruyamment… Il souriait au plafond, la bouche légèrement ouverte. Il ne ronflait pas… pas encore. Son gosier tremblotait à chaque inspiration et créait un léger gargouillis flûté.

Pénélope, tapie dans le noir, surveillait ce petit bruit mouillé avec l'espoir inavoué qu'il enfle. Elle l'aurait alors sabré d'un sifflement comme elle en avait le secret, deux doigts dans la bouche, au risque bien sûr de réveiller son mari. Mais elle aurait profité de l'accalmie jusqu'à ce qu'il recommence. Là, elle n'osait rien faire. Il respirait seulement, mais beaucoup trop fort.

Comme il avait de la chance de pouvoir se coucher sur le dos ! Depuis une semaine, Pénélope ne pouvait même plus se glisser sous la couette dans cette position. Le volume du bébé pressait les abords de son cœur et l'étouffait. La position sur le côté droit l'aurait éloignée du bruit, mais là aussi le problème de place entre l'utérus et la veine cave était oppressant. Elle s'était renseignée auprès de Google. Alors qu'elle commençait à décrire son trouble, le moteur de recherches avait fini la phrase et déroulé un nombre conséquent de réponses illustrées. C'était normal. Il faudrait en prendre son parti quelques mois encore. Ne pas être seule au monde dans cette situation l'avait un peu calmée.

Pour l'instant, elle ne pouvait tout de même pas demander à Paul d'arrêter de respirer. Les nuits prochaines, il faudrait qu'ils s'organisent autrement. Même la chaleur de son mari, dans laquelle elle aimait se protéger du Grand Dehors, l'exaspérait. Du coup, elle restait éveillée et le Grand Dehors tentait de s'immiscer dans le cocon, comme un indiscret.

Le regard de ténèbres fut le premier à se glisser sous la porte. Lorsque Pénélope s'était intéressée à cette photographie, elle n'avait vu qu'Adèle, jeune et triste. Elle ne s'était pas rendu compte qu'il s'agissait en fait de la petite Zilch. Elle s'était encore moins rendu compte que le portrait de groupe était une image dans une image, une histoire dans une histoire. C'était la photographie du reflet que renvoyait un miroir. Ce miroir réfléchissait également l'œil, pourtant énorme, inquiétant, qui scrutait le reflet de Sacha. Lui aussi lui avait échappé. Il était caché dans le bord ombrageux du polaroïd. Mais il était bien là, avide de ce qu'il regardait.

Dans la moiteur tiède et rassurante de son lit, Pénélope frissonna. Des questions se mirent à la tarabuster, l'arrachant à l'idée de s'assoupir. Qu'avait voulu surprendre le photographe ? L'histoire de l'arrière-plan ? L'histoire du premier plan ? Ou bien celle qui se nouait entre les deux ? Avait-il eu conscience d'une anomalie ? Voulait-il dénoncer ? Alerter ? Prouver ou se convaincre ?

Plus Pénélope pensait à cette photo, plus elle en était sûre : Sacha était le point de mire. Vincent avait vu tout ça. Était-ce important pour leur enquête ? À qui était cet œil ? Qui était le photographe ? Adèle ? Et si oui, avait-elle oublié ou mentait-elle ? Y avait-il un lien avec la disparition de Zilch ? Y en avait-il un avec la sculpture incendiée ?

Lorsqu'elle avait parlé à Adèle du projet de robe en chair, n'avait-elle pas trouvé son silence un peu long ? Adèle mentait-elle depuis le début ?

Il y a deux jours, dans l'humide froidure des Chambaran, un petit doute était subrepticement venu picoter Pénélope. Elle avait eu peur pour Adèle. Mais bon sang, pourquoi si soudainement ? Que s'était-il passé ?

Et voilà, c'était reparti. Une nouvelle fois, la cent-cinquantième au moins, elle s'essaya à capter le mystère qui affleurait aux notes prises dans son petit carnet rouge.

Pénélope devait absolument dormir. Dans quelques heures, les affaires courantes – et elles étaient nombreuses – demanderaient des décisions rapides, vitales parfois. Toutes étaient urgentes. Il y aurait aussi la perquisition à la « campagne » d'Arlette. Il lui faudrait être claire, perspicace et à l'affût. Nom d'un chien ! Où avait pu être conçue cette robe de chair ?

Elle ferma les yeux et se concentra sur sa respiration afin de ne plus entendre celle de Paul. Ça n'était pas simple. Les visages d'Adèle et de Sacha se confondaient puis se dissociaient dès que ses paupières se fermaient. Avait-elle réussi à cerner madame Zilch ? Qui était Sacha ? Et pourquoi cette robe de chair avait-elle brûlé ? Zilch était-il vivant ?

Pénélope ne pouvait pas se vider la tête. En la remplissant avec d'autres images sans importance, peut-être arriverait-elle à s'endormir ? Finalement, elle pensa à Ovibos et à ses pamplemousses. Elle se demanda combien il en tenait dans le bac à légumes du frigo. Rien à faire. Ses yeux restaient écarquillés dans la nuit. Elle se rappela le prénom de chacun des petits Ovibos et les récita mentalement, en boucle…

Le réveil l'arracha à une torpeur agitée du fond de laquelle elle apercevait Adèle très jeune, fuyant son père, revêtue d'une peau de bison trop étroite.

47

Jeudi 5 novembre

C'était une petite ferme en pierres dorées, typique du Beaujolais, transformée en maison d'hôtes élégante pour qui voulait se mettre au vert au milieu des vignobles. Les derniers clients d'Arlette Bourdieu avaient quitté les lieux le matin même. Geneviève, la dame de confiance qui s'occupait du gîte, attendait que la police ait tout retourné pour commencer le ménage. Arlette devait prendre la route après son service et arriver dans l'après-midi.

Sans grande conviction, Pénélope explorait le rez-de-chaussée. À défaut de trouver le couturier pyromane, elle cherchait le lieu où celui-ci avait cousu cette satanée robe. Ravachol était chargé de passer l'étage à la loupe. Trignasse s'occupait des extérieurs et de la cave.

La perquisition serait facile et rapide. Il n'y avait dans les placards que le nécessaire au séjour des vacanciers et très peu de bibelots. Le planning de location montrait que le gîte était occupé à plein temps d'avril à novembre. Tout comme le restaurant d'Arlette, il avait bonne presse et beaucoup de succès.

Dans la cuisine, Pénélope avait reconnu quelques pots vides, dont un accroché à son petit cochon de bois.

— C'étaient des pâtés ? Ils sont offerts aux hôtes de passage ? demanda-t-elle à Geneviève.

— Oui, madame Bourdieu en laisse un assortiment à chaque location. C'est un geste commercial qui fait plaisir à ses clients et de la publicité à son restaurant de Lyon. Voyez par vous-même, elle a inscrit l'adresse sur chacun.

— C'est vous qui êtes chargée du réapprovisionnement ?

— Bien sûr. La réserve est là, sous l'escalier.

Geneviève ouvrit grand la porte d'un placard fermé à clef. Même à l'abri des regards, dans le réduit le plus obscur, la mise en scène était soignée. Le cagibi était tapissé de soie pourpre. Les bocaux y étaient empilés par catégories, en colonnes impeccables, sur des rangées parfaitement alignées, tels des joyaux dans un écrin précieux.

— J'en emporte un de chaque pour les faire analyser.

— Vous n'allez pas les manger ? Quel dommage ! Tout ce que cuisine madame Bourdieu est tellement bon !

Les yeux de Geneviève brillaient de toutes les gourmandises que sa patronne lui avait fait goûter. Pénélope se prit à imaginer une Arlette avec deux « soi » imbriqués, l'un offrant le plaisir avec générosité, l'autre s'abîmant dans des monstruosités démentes. Marge savait la nature humaine ambivalente, contradictoire et retorse.

Pour l'instant, elle s'ébaudissait sur les tissus et les pompons, pensant bien tirer encore quelques vers du nez de Geneviève, et ainsi se renseigner discrètement sur la personnalité d'Arlette.

— C'est madame Bourdieu qui fait tout elle-même. C'est elle, par exemple, qui a tapissé ce Placard des Saveurs. Elle sait tout fabriquer, tout embellir. Elle coud, elle bricole. C'est une bête de travail, vous savez ! Quand elle a décidé de transformer cette maison en gîte de luxe, elle venait travailler ici pendant ses congés. Mon mari lui a donné la main de temps en temps. Parfois un artisan du village se chargeait des très gros travaux. Pour le reste, tout est dû à son courage et à son goût du beau et du bien fait. C'est une femme tenace et exigeante. Son père était comme ça.

— Vous le connaissiez ?

— Tout le monde connaissait le docteur Bourdieu. C'était le médecin du village. Toujours par monts et par vaux. Quand on l'appelait, rien ne l'arrêtait, ni la neige, ni la nuit… La petite Arlette était souvent avec lui. Elle en a vu des trucs incroyables !

— Quels genres de trucs ?

— Elle l'a vu opérer des gens intransportables, comme ça, sur place, sur la table de la ferme. C'est qu'à l'époque, les ambulances n'étaient pas équipées comme aujourd'hui.

— Ça arrivait souvent ?

— Ça arrivait. En tout cas, une fois, elle devait avoir quinze ans, elle a dû lui donner un coup de main. Je le sais parce que mon mari était allé sur place. Il avait montré la route aux gendarmes. C'était tout en haut du « Tralu ». Il avait neigé comme il neige rarement. Il y avait d'énormes congères sur la route. Le Père Grévin, un veuf, a surpris sa chérie, la Lucie, avec son fils. Il a vu rouge, le Père Grévin. Il a pris son maillet et il a fracassé la tête de son jeune. Après, comme il était complètement désespéré, il s'est pendu au porche de la Lucie. Quand le docteur Bourdieu est arrivé sur place, il n'y avait que sa petite qui pouvait l'aider. La Lucie s'était cogné la tête dans les pieds du pendu en sortant de chez elle et elle en était tombée dans les pommes. Elle est d'ailleurs morte un mois plus tard d'une jaunisse. Le fils était inconscient et baignait dans son sang.

— Ils n'avaient pas de voisins, ces Grévin ?

— Non. À part la Lucie, personne. Le garçon de ferme est descendu en courant au village pour prévenir du drame. Le pauvre gosse n'a jamais osé remonter au Tralu. C'est la postière, avertie par le docteur, qui s'est chargée de téléphoner aux gendarmes et d'envoyer là-haut des gens à la rescousse.

— Comment la petite Arlette a-t-elle aidé son père ?

— Elle l'a aidé à dépendre Grévin et à le coucher sur la table, dans la cuisine de la Lucie. Il a fallu aussi qu'elle surveille sa respiration. Toutes les cinq minutes, elle venait voir s'il n'était pas mort. Dans l'intervalle, elle faisait bouillir le matériel dont le docteur avait besoin et lui passait les gazes pour le pansement. Le docteur Bourdieu, lui, recousait la tête du fils. Entre le père Grévin et le jeune, les pieds d'Arlette marquaient rouge dans la neige.

— La mère d'Arlette la laissait partir souvent comme ça ?

— Quel mal à ça ? Elle était bien avec le docteur. C'est maintenant une femme qui n'a pas froid aux yeux et qui réussit dans la voie qu'elle a choisie. Sa mère lui a appris le goût du beau : la cuisine, la couture. D'une certaine façon, elle lui a donné l'amour des belles choses.

Bref, Arlette cousait. Arlette avait déjà fréquenté des morts ou des presque morts, elle les avait même manipulés. Elle avait aussi vu de près les ravages de la violence sur les corps. Dans ces circonstances-là, elle pouvait garder son sang-froid. Et on savait qu'elle disséquait régulièrement des animaux plus ou moins gros. Arlette était pourtant devenue pour Pénélope, au fil de ce qu'avait raconté Geneviève, un personnage assez sympathique…

Au bout d'une heure de recherches, Trignasse avait fini par appeler sa cheffe dans le sous-sol.

C'était une grande salle voûtée qui occupait toute la longueur de la maison. Les murs et le plafond se fondaient dans une continuité de cailloux scellés, bien rangés. Le sol de terre battue avait été minutieusement ratissé – on était au-delà de la maniaquerie. Une unique porte, cachée dans la pente du terrain, permettait d'accéder à ce lieu par l'extérieur.

Quand Pénélope rejoignit son lieutenant, il était planté au milieu de la cave et regardait en l'air. Sa torche pointait trois gros crochets enchâssés dans les pierres du plafond, certainement depuis la construction de la maison. Il s'agissait de trois pendoirs effilés et agressifs, comme le sont en général les crocs de boucherie. Aucun résidu de rouille ni de poussière ne les encrassait. Pénélope trouvait ces objets déplaisants. Entravée dans les suppositions macabres que lui soufflait son enquête, elle était très mal à l'aise.

Les policiers avaient neutralisé la pièce en barrant l'entrée avec de la Rubalise. Ils avaient prélevé des fragments et gratté le sol pour en deviner l'histoire. Ravachol les avait rejoints avec son nécessaire à empreintes et s'activait sur les crochets.

— Mon Dieu ! Mais que cherchez-vous là-dessous ?

Arlette les interpellait depuis la porte.

— Ces crocs ont-ils servi récemment ?

— Bien sûr, ils servent. Je fais sécher les jambons crus ici ! L'ambiance de cette cave est idéale pour ça.

Arlette Bourdieu était apparue dans l'ouverture du sous-sol, pomponnée et pulpeuse. Joliment galbée dans un manteau grenat, pas de doute, elle produisait son effet. Ravachol en était resté tout chose. Il l'avait regardée un moment durant lequel il semblait avoir perdu tout contrôle sur sa mâchoire inférieure. Trignasse lui avait donné une petite bourrade moqueuse pour le remettre au travail.

— Pourquoi vous vous intéressez à ces crochets ? Quelque chose à voir avec ce dont vous m'avez parlé l'autre jour ? La robe en viande ? avait demandé Arlette.

Trignasse et Pénélope s'étaient regardés, instantanément sur le qui-vive. Les questions de madame Bourdieu étaient un peu trop pertinentes.

À part ça, ils ne ramenaient pas du Beaujolais de quoi fouetter un chat… des prélèvements de ci et de ça, des empreintes et quelques pots de pâtés. Quand Arlette avait vu passer ses conserves dans les bras de Ravachol, séparément emballées dans des petits sachets en plastique, elle avait voulu dire quelque chose puis s'était ravisée.

48

Jeudi 5 novembre… en rentrant vers Lyon

Le soleil déclinait déjà. Ravachol conduisait. Trignasse, assis à l’arrière, s’était agrippé aux appuie-têtes avant et étirait son grand corps vers Pénélope, certainement afin d’être plus convaincant.

— Il faut avoir l’idée d’associer des crocs de boucher à une sculpture ! Même une sculpture en chair.

D’emblée, il était soupçonneux. Depuis son séjour dans les Cévennes, d’où lui et son coéquipier étaient revenus bredouillcs, il avait envie d’en découdre avec cette affaire. Marge le sentait prêt à accuser qui passait à sa portée.

— Il faut dire à sa décharge qu’elle a un rapport pratique et professionnel avec la viande. Elle sait où se trouvent les filets sur le corps d’une bête. Elle sait sûrement de quelle façon on les prélève et lorsqu’elle les prépare, elle a conscience de toutes les étapes par lesquelles est passé l’animal vivant, puis son cadavre, jusqu’à la pièce de choix joliment présentée dans une assiette. Elle sait donc qu’avant d’avoir des morceaux de viande à coudre, il faut écharner la bête. Beaucoup ont un lien plus hypocrite avec les vaches, les moutons et tous les autres.

Décidément, Ravachol était sérieusement touché.

Mais sa véhémence n'écartait pas Arlette Bourdieu de la liste des suspects, bien au contraire... se disait Pénélope, la tête un peu ailleurs. Elle avait un détail à noter dans son carnet rouge. En sortant de la cave, elle avait repéré près de la porte, parmi les vestiges de l'ancienne installation électrique et en partie cachée par un râteau à feuilles, une vieille prise en porcelaine blanche. Pour les gens qui les avaient connus, ce genre d'objets évoquait les maisons de grand-mères où l'on passait ses vacances : l'eau du bain bouillante ou gelée parce que la « bâche » n'était pas assez grande pour les douches de toute la famille réunie et que le circulateur faisait des siennes, les interrupteurs que l'on tournait sans trop savoir à quel moment on s'électrocuterait, le délicat parfum de poudre de riz qui s'échappait de la chambre des grands-parents lorsque la porte était ouverte, et celui des gâteaux au chocolat cuits et refroidis à temps pour les « quatre heures ».

Mais si Pénélope se souvenait de cet objet anodin, presque invisible, cela n'avait rien à voir avec la nostalgie. Elle écrivit : *Prise en porcelaine blanche ???* Parce que devant ladite prise, toutes ses alarmes avaient sonné. L'objet désuet, devenu inutile, lui faisait penser à quelque chose qui lui faisait penser à autre chose. Démangeaison et grattage de crâne. ALERTE, ALERTE, ALERTE... Oui, mais impossible de nouer les liens. Que lui racontait cette prise électrique en porcelaine ?

— Elle est drôlement raffinée, cette petite Arlette, rêva tout haut Ravachol avec un sourire bête.

— Un peu maniaque tout de même, souligna Pénélope.

— Un peu ? À la folie, non ? surenchérit Trignasse. Quand j'ai vu la terre de la cave ratissée comme un jardin zen, j'ai pensé qu'elle était zinzin.

— C'était sûrement exceptionnel, tenta le vieux lieutenant encore subjugué.

— Non, Geneviève dit que la cave est râtelée chaque fois que quelqu'un y marche. Elle est vraiment zinzin !

Pénélope s'absentait par intermittences, absorbée et énervée par ce qu'elle avait remarqué dans le sous-sol, le râteau et la vieille prise électrique. C'était totalement hermétique mais chatouillait sa tête avec insistance.

— Elle a peut-être poignardé Zilch parce qu'il a marché dans la cave sans avoir rangé après, ou parce qu'il a laissé des traces de doigts sur une verrerie !

— Dans le genre, y a pas longtemps, j'ai entendu un truc fou… l'histoire d'une fille, une certaine Cathie M., brillante au lycée, destinée à de hautes et longues études, qui a été prise au dépourvu par une grossesse, une naissance et le mariage qui allait avec. Comme c'était une bonne élève dans l'âme, elle voulait que tout soit fait dans les règles de l'art, et pour son bébé, et pour son mari : jamais de petits pots, que du fait maison, que des légumes frais ; tout était tenu impeccablement : les tee-shirts et même les draps étaient repassés. Elle se levait de plus en plus tôt – quatre heures, voire trois heures et demie du matin – pour venir à bout des tâches qu'elle s'imposait. Elle espérait chaque jour qu'en prenant sur son sommeil, elle aurait le temps d'ouvrir ses livres et d'étudier. Un après-midi du mois dernier, le bébé s'était exceptionnellement endormi dans son parc et, pour une fois, elle avait terminé toutes les besognes ménagères. Alors, elle en a profité pour s'installer à la table de la cuisine avec ses cahiers et ses manuels. Pendant l'interrogatoire, elle a raconté qu'elle attendait ça depuis des jours et des jours… Donc, elle venait de s'asseoir et de prendre un stylo quand son mari est entré avec une pile de bûches dans les bras. Il s'est pris le pied dans le paillasson et il a tout lâché. Vacarme ! Le bébé s'est réveillé aussitôt et instantanément, il s'est mis à hurler. Elle-même a commencé à crier comme une démente sur son mari – c'est ce qu'ont dit les témoins. Lui, il l'a giflée pour la faire taire… Alors elle a attrapé un couteau qui séchait sur l'évier et elle a poignardé son homme.

— J'ai aussi entendu parler de cette affaire. Je croyais qu'elle l'avait tué d'un coup de hachoir.

— Bref, il paraît qu'elle a attendu la police assise par terre. Quand les collègues sont arrivés, elle berçait son bébé en chantonnant, à côté du mari mort. Dans une semi-hébétude, elle a dit qu'elle l'avait tué parce qu'il avait réveillé leur fille. Elle a ajouté qu'elle était très fatiguée et elle s'est endormie.

Le cerveau de Pénélope faisait des va-et-vient entre l'histoire de cette folie qu'elle comprenait, la compassion qu'elle ressentait pour la jeune maman, et la vieille prise électrique qui lui agaçait le cuir chevelu… En surimpression, une voix aigrelette lui stridulait que décidément, elle aurait peut-être dû opter pour une profession moins astreinte à la rigueur morale.

Elle ouvrit à nouveau son carnet rouge, se rappela ainsi qu'il lui fallait appeler sa mère pour lui parler de la couleuvre, et écrivit : *Devant une situation de meurtre incohérente, voire dingue, ne pas hésiter à remonter loin dans les histoires de chacun... afin d'y retrouver la vraie raison du déraillement.*

49

Jeudi 5 novembre… repas sushi

— C'est toi, Vincent ?

Il avait apporté des sushis et une bouteille de Viré-Clessé. Elle avait certainement sélectionné un des thrillers bien tordus qu'elle n'osait pas regarder seule.

— Tu veux que ce soit qui, Maman ? Un amoureux ?

Elle eut un petit rire sibyllin, d'un air de dire « va savoir ».

L'odeur de la maison avait changé : du temps de Jeanne, chaque étoffe envahissait le petit rez-de-chaussée de ses poussières et de ses effluves particuliers. Mais ni celle puissante du lin, ni celle animale de la laine, ne couvraient le parfum piquant et chaud de la machine à coudre. À chaque réglage de la Singer, les quelques gouttes d'huile que Jeanne versait, avec la minutie d'un alchimiste, dans des endroits précis et mystérieux, avivaient des senteurs de rouages et de pistons, des exhalaisons d'un autre temps.

Après l'accident, Agathe et Vincent s'était réfugiés ici. Le temps qu'Agathe guérisse partiellement. À la mort de Jeanne, elle était revenue habiter ce lieu qui les avait souvent protégés, elle et son fils. Elle y avait installé son univers, ses livres, ses plantes. La machine à coudre et les tissus avaient été remisés.

Chaque semaine, Marie-Lou se faisait un devoir d'encaustiquer meubles et parquets. Dès qu'on passait la porte d'entrée, on était assailli par l'odeur de la cire.

Ce soir, une petite note jasminée s'y était faufilée... Agathe avait dû vaporiser au creux de son cou, quelques gouttes d'*Arpège*, en l'honneur de Vincent. Elle avait fait une tarte aussi. Ça sentait la pomme caramélisée.

La petite table ronde, celle de leurs soirées télé, était dressée en face de l'écran. Une nappe, de jolis verres, le service chinois en porcelaine blanche et bleue qui servirait à manger japonais, les baguettes.

À l'écran, Nicole Kidman était couchée à la verticale, la tête sur son bras... Elle n'attendait que le signal de la zappeuse pour se mettre à hurler et emmener son public dans les brumes spectrales de Jersey. Vincent connaissait ce film par cœur. Mais en savoir la chute lui permettait, à chaque relecture, de dénouer avec délectation les ficelles de l'histoire. Agathe, qui ne l'avait pas encore vu, se pourléchait. En aucun cas pourtant, elle n'aurait vécu l'aventure seule... bien que *Les Autres* ne soient pas si inquiétants. Elle s'en rendrait compte.

Ils goûtaient le vin en silence.

Agathe attendait. Son fils voulait en parler encore une fois. Elle le sentait absent, loin, à fouiller son souvenir.

Vincent savait qu'elle aurait préféré commencer à oublier. Mais parler les avait guéris. Ça, ils le savaient tous les deux. C'était son combat à elle, pour lui.

Il avait relié à son travail un vécu terrible. C'était certainement une erreur. Mais il devait revenir sur cette histoire qui le labourait encore pour être vraiment sûr de devoir abandonner son intuition… à propos d'Adèle, à propos de Zilch et ainsi de suite…

Ce fut donc avec beaucoup de retenue et de respect l'un pour l'autre qu'ils se remémorèrent le drame, comme à chaque fois que des fantômes insidieux frappaient. *Les Autres*, quant à eux, patienteraient, même s'ils n'avaient pas tout à fait l'éternité pour ça.

— Redis-moi, Maman, est-ce que j'aurais pu le retenir ?

— Non !

C'était tranchant, net, catégorique.

Les yeux d'Agathe étaient braqués dans les siens, comme ceux de Minouchette le jour où il était venu lui prendre son petit. Ces yeux disaient : « Ne va pas plus loin ».

Avec ou sans tache jaune, l'autre jour, Adèle avait eu le même regard.

50

En boucle depuis quatre jours

Quand ils étaient revenus, elle était prête, elle était forte. Tout avait été réglé.

Il y avait bien cette satanée photographie. Elle n'aurait pas dû la faire disparaître. Du coup, elle avait pris trop d'importance. Le petit inspecteur avait fait une fixation dessus. Comment avait-il pu voir ? C'était de ça qu'ils avaient voulu lui parler. Il avait fallu les écarter, les éloigner des vraies raisons…

Elle s'était donc préparée à toutes les questions, aux plus déstabilisantes surtout… Elle avait dû jouer la comédie, ne pas répondre trop vite, donner l'impression de se rappeler, de réfléchir, d'être surprise. Il avait fallu sourire. Avait-elle bien fait de sourire ?

Quand même, la commissaire n'y était pas allée par quatre chemins ! Ça lui avait fait mal. Elle avait revu sa Sacha petite, confiante. Elle avait eu envie de la serrer fort dans ses bras, de lui dire encore et encore comme elle l'aimait.

Elle y était finalement arrivée. Marge lui avait demandé de parler d'elle. Elle avait pu les emmener dans son histoire sans avoir à expliquer quoi que ce soit.

51

Jeudi 5 novembre

— Bonjour ma chérie. Comment va ton bidon ?

— …

— Tu as encore des nausées ?

— …

— Tu ne fais pas d'imprudences, j'espère ?

— …

— Tu ne cours plus, au moins ?

— Maman ?

La grossesse de Pénélope était pour Ethel Clovis, une incongruité. À vrai dire, ce qui était une véritable anomalie pour elle, c'était le métier que faisait sa fille. Elle ne s'y habituait pas. Les interventions en milieu hostile avec un gilet pare-balle et une arme à feu, elle essayait de ne pas y penser. Elle éteignait son imagination tant qu'elle le pouvait. Elle avait donné sa télévision et le monde violent que celle-ci crachait en continu. Et lorsque des flambées insidieuses acidifiaient trop ses pensées et lui serraient un peu plus le cœur, elle doublait ses séances de yoga, elle priait… et surtout, elle faisait confiance à sa fille. Bref, le gros ventre de la commissaire Marge rendait Ethel Clovis nerveuse et volubile.

Les grossesses de ses aînées l'avaient ravie. Elle avait pu conseiller, aider, offrir. Elle avait été intrusive juste ce qu'il fallait pour se sentir utile et leur faire comprendre à quel point elle les aimait. Elle s'était un peu fait disputer aussi. Tout n'avait été que très normal.

Avec Pénélope, c'était une autre paire de manches. Par souci de ne pas l'inquiéter, sa fille la tenait éloignée de ses horaires débridés, de ses états d'âme professionnels, des horreurs qu'elle rencontrait. Du coup, madame Clovis imaginait le pire du pire.

Pénélope savait que sa maman était encore bien loin de la vérité mais cela, elle le gardait pour elle seule.

— Oui, ma chérie ?

— Tout va bien, Maman. À part l'envie de vomir qui me poursuit comme mon ombre, je suis en forme. Et non, je ne cours plus. Paul m'emmène nager avec lui. Ne t'inquiète pas, je suis prudente.

Elles discutèrent des petites choses de leur vie, de ces détails minuscules qui lient les êtres d'une même famille. Et très vite, Ethel profita de ce coup de téléphone inespéré pour inviter sa fille et son gendre à venir manger une poule et des ravioles. Bien sûr, Pénélope s'agaça de ce que sa mère élude systématiquement son végétarisme. Puis ce fut son propre énervement qui l'exaspéra. Elle dut se raisonner. Que sa maman persiste à lui faire de la poule aux ravioles n'était, après tout, pas si grave. Paul n'était pas végétarien et il se serait damné pour ce plat. De plus, Pénélope avait adoré ça pendant de nombreuses années et sa mère devait se dire que c'était bête de se priver.

Mais justement, ce manque de considération pour la décision de sa fille donnait à Pénélope envie de hurler. Madame Clovis entendit tout ça dans le silence à peine trop long qui suivit le mot ravioles. Elle regretta d'avoir parlé sans réfléchir.

On changea de sujet. La conversation passa en revue les copines d'Ethel, les anciennes copines de Pénélope qui vivaient encore au village, ses copains et anciens petits copains.

Elle oscilla ensuite vers des recettes de sorcière qui venaient d'une arrière-grand-mère pour faire passer les nausées et autres petits désagréments du même genre.

Après les mots d'amour et d'au revoir, l'une et l'autre allaient raccrocher quand Pénélope se rappela…

— La couleuvre qui habitait près du perron, tu t'en souviens ?

— La Couleuvre La Voisine ?! Bien sûr, je m'en souviens. Tu lui avais donné ce nom pour qu'Églantine en ait moins peur. Qu'est-ce que tu veux savoir à propos de cette bête ?

— Je n'arrive pas à me souvenir d'un truc à propos de cette couleuvre. Elle vit ? Tu la vois encore ?

— Tu penses, elle est morte depuis le temps ! Mais cet été, j'ai trouvé une mue, là où notre couleuvre se déshabillait. Une autre la remplace. Comme autrefois, une équipe de fourmis a embarqué la peau. Tu te rappelles ? Chaque année, on les voyait la transporter en une seule pièce jusqu'à leur repère. Elles faisaient ça avec la coordination d'une armée entraînée à marcher au pas.

L'image des fourmis, en rangs serrés, parfaitement organisées, se propagea tactilement sur le crâne de Pénélope.

C'était la fourmilière ! C'était ça qu'elle cherchait dans la profondeur de son souvenir. Derrière Adèle cramponnée à son râteau, à la lisière sauvage du jardin, là où la forêt commençait, elle avait vu une fourmilière d'un mètre cinquante de haut, de celles qui abritent les grosses rousses des bois…

Pénélope se rappelait maintenant clairement avoir remarqué, posé sur le sommet de l'immense nid, un drôle d'objet, un objet qui ressemblait à une vieille prise électrique géante.

Son souvenir ricocha alors dans la bibliothèque d'Adèle, glissa sur la grande table, sauta de l'ordinateur aux feuillets bien rangés – une nouvelle histoire horrifique sans doute – et tint l'arrêt devant un ouvrage de myrmécologie grand ouvert. Les deux pages visibles expliquaient, en langage soutenu, de quoi les formicidés se nourrissaient. Pénélope les avait parcourues. Quoi qu'il en soit, elle avait bien la certitude aujourd'hui que les fourmis ne grignotaient pas les prises électriques en porcelaine.

Le million de petites pattes prisonnières de ses cheveux crapahutèrent le long de son cou, puis jusqu'en bas de son dos… C'était exaltant.

Pénélope Marge, commissaire et enceinte, sut à cet instant qu'elle tenait enfin un des fils qui détricoterait le mystère Zilch.

52

Jeudi 5 novembre… repas sushi… suite

Vincent malmenait un sushi, Agathe le regardait faire.

— Qu'est-ce que tu as dit aux flics ?

— Qu'il allait m'écraser la tête avec son pied, que tu es arrivé à ce moment-là, que tu l'as écarté de moi, qu'il a heurté la porte de la cave… Et voilà.

Ce « voilà » tintinnabula dans la conscience de Vincent et fit écho à celui d'Adèle.

— Pourquoi ont-ils posé tant de questions ? J'avais l'impression qu'ils ne te croyaient pas !

— Ils faisaient du zèle parce que ton père était de la maison et qu'ils avaient un peu de mal à admettre une telle brutalité de la part de l'un d'entre eux… À admettre la chute accidentelle aussi.

— Mais Maman, ta jambe était complètement tordue. Ton os sortait.

— Ça, ils l'ont bien vu, ils l'ont constaté tout de suite.

— Alors, qu'est-ce qu'ils voulaient ?

— Ils sont revenus sur cette histoire de porte bancale. Ils voulaient être bien certains qu'elle avait pu céder sans qu'on ait à actionner le loquet.

— Ils ont fait des tests, non ? Ils se sont bien rendu compte que la clenche ne tenait pas ?

— Oui, ils se sont rendu compte qu'elle ne tenait pas… Mais ils voulaient en savoir plus sur tes intentions, sur tes relations avec ton père.

— En somme, ils te demandaient si je l'avais poussé… intentionnellement ?

— Oui.

— Dis-moi encore ce que tu leur as dit.

— Que ton père se tenait sur un seul pied – vu qu'il levait l'autre pour me piétiner – et que c'est son déséquilibre qui lui a fait heurter la porte, au moment où tu l'as écarté.

— Tu sais bien que je l'ai poussé, Maman !

— Oui, tu étais un enfant terrorisé, dressé contre un monstre. Tu n'avais pas d'autre recours que de le pousser, le plus loin possible.

— Donc, tu as menti ? On est bien d'accord ?

— Évidemment ! Et sans état d'âme. Je ne savais pas ce qui te serait arrivé sinon. Je ne voulais pas qu'ils t'emmènent. Tu es resté abasourdi assez longtemps. Tu étais en état de choc, incapable de parler. C'est mon histoire qui a fait foi. En revanche, je ne devais pas te mentir, à toi. Le médecin qui te suivait depuis quelque temps déjà, le Grand Docteur des Rêves, pensait, lui, que pour ton équilibre futur, tu ne devais pas ensevelir cet évènement sous un mensonge.

Sur l'écran, Nicole Kidman s'agitait en tous sens, tirait des rideaux, fermait des portes à clé, en proie à des tourments surnaturels et photogéniques.

En face de Vincent, Agathe, toute droite, économe de ses mouvements et habile au maniement des baguettes, bien certaine d'avoir fait pour son fils ce qu'elle avait à faire, gobait son poisson cru avec avidité.

Sa mère n'était pas une aventurière. Elle avait aimé un homme, fait un enfant avec lui… Ils étaient jeunes. Au début, elle n'avait pas voulu voir la violence de ce mari qu'elle adorait. Elle s'était dit que ça passerait. Et puis un jour, elle s'était rendu compte qu'elle était entortillée dans des filets inextricables alors que les accès de brutalité allaient crescendo. Elle avait payé. Son corps s'était brisé. Il serait à tout jamais perclus de douleurs et entravé. Mais surtout, elle avait payé parce que son petit Vincent avait été une proie, la proie choisie du père.

Courageusement, elle était allée porter plainte… On lui avait conseillé de rentrer chez elle. On lui avait dit qu'elle exagérait sûrement. Que Prieur était un collègue, un type bien.

Après ça, le monstre s'était retenu de tourner autour de son fils. Mais sur elle, les coups avaient redoublé dans une fureur insensée.

Lorsque l'inévitable s'était produit, malgré leurs soupçons et leurs questions remplies de feintes, elle n'avait pas flanché devant les policiers.

Elle était là, leur ressemblance. Agathe, Adèle et Minouchette défendaient leur petit avec l'assurance de la légitimité. Sacha Zilch était au cœur du mystère. Vincent en était absolument certain.

53

Vendredi 6 novembre

La presse faisait des choux gras de la disparition du Grand Artiste et commençait à évoquer l'incompétence de la police. Élisabeth Fromanger avait les relations qu'il fallait pour intéresser un ministre à son affaire. Le préfet le savait.

Ovibos était de plus en plus tendu. La brigade était sur le qui-vive. Il y avait conseil de guerre dans le bureau des inspecteurs.

— Le dernier texto de Zilch a été envoyé depuis Lyon le 18 septembre. Une borne-relais a repéré la communication quartier des Confluences à treize heures trente-cinq. Ce texto était adressé à Élisabeth Fromanger. Nous l'avons lu. Il annonçait, entre autres, que la sculpture venait d'être livrée à la galerie. Après ça, black-out total. Le téléphone semble s'être volatilisé.

Pénélope inaugurait le grand tableau blanc que l'on venait d'installer. Elle y avait tracé les lignes et les cases d'un calendrier géant qu'elle remplissait tout en parlant.

Quand elle eut écrit ce qu'elle venait de dire, elle fit face à son équipe. Vincent Prieur, François Trignasse, Pauline Ducasse, Jean Ravachol et Jacques Roquette étaient tendus et attentifs.

Les autres de la brigade, Simon, Marie et Pierre, étaient dans le quartier Saint-Georges, au pied d'un immeuble ocre rose, 4 bis rue Bellièvre. Un monsieur de soixante-quinze ans y était couché par terre, tout nu, recroquevillé au milieu de son sang.

Au quatrième étage de cette adresse, son épouse, soixante-quinze ans aussi, marmonnait devant la fenêtre grande ouverte. Elle répétait en boucle en avoir marre que ce vieux débris montre son machin à la bonne femme d'en face. Elle ne niait pas avoir défenestré son mari. Elle ne niait pas non plus qu'il se fût jeté seul dans le vide, étourdi de concupiscence, ou de désespoir, ou encore étourdi tout court. Elle avait juste l'air satisfait de celle qui s'était enfin décidée à faire ce qui aurait dû être fait depuis longtemps. C'était « la bonne femme d'en face » qui avait donné l'alerte après avoir vu, de son balcon, un paquet de chairs meurtries éclaté sur le trottoir.

— Donc, le téléphone de Zilch a cessé d'émettre à Lyon le 18 septembre. Le 16 octobre, on a retrouvé sa voiture à trois cents kilomètres de là. Pour l'instant, on ne sait pas quand elle y est arrivée.

— Cette voiture était trop propre. Même l'ADN de Zilch a été difficile à prélever. Je vous dis qu'elle a été nettoyée.

C'était l'idée de l'inspecteur Trignasse depuis le 20 octobre. Il l'exprimait là pour la énième fois.

— Le 30 juillet, Zilch a téléphoné à Élisabeth Fromanger depuis Lyon. Elle était à Paris.

Vincent avait pris le relais. Il lisait ses notes pendant que Pénélope traçait et cochait la chronologie balbutiante de cette disparition qui les narguait. Le parfum synthétique des gros feutres se mélangeait à celui du café chaud et couvrait l'odeur de tabac refroidi que Ravachol traînait avec lui.

— C'est la dernière fois qu'ils se sont parlé ?

Lors d'une de ses premières missions en tant que lieutenant à la Brigade Criminelle, Pauline Ducasse avait été victime d'une commotion cérébrale sévère et d'un ictus amnésique inquiétant. Depuis, ayant terriblement peur d'une nouvelle panne de son cerveau, elle rentrait scrupuleusement dans son ordinateur ce qui lui paraissait important... C'est-à-dire TOUT. Elle avait imaginé de savants empilements de dossiers, des arborescences complexes et baroques, desquels elle savait extirper en deux secondes le renseignement rare, l'indication oubliée, dont ses collègues avaient besoin dans l'urgence. Elle était devenue leur mémoire.

Elle arrivait tout juste sur l'enquête Zilch et comptait bien accrocher son hippocampe à tous les fils qui en tissaient jusque-là la trame. Elle trouvait intéressantes les suppositions les plus ténues et toujours exploitables les plus sombres diverticules. Au fond d'une impasse, on peut découvrir une porte puis un couloir qui emmèneront au-delà du mur... Telle était sa façon d'être et de penser depuis qu'elle avait failli perdre son histoire.

Le bruit élastique des touches qui s'enfonçaient sous ses doigts rassurait ses équipiers. Tout serait nommé, catalogué. La rigueur et l'intelligence de ses rangements pourraient ouvrir – cela avait été le cas à plusieurs reprises – des voies insoupçonnables, des possibles inouïs que personne n'avait vus.

— Oui. D'après elle, ils ont essentiellement discuté du projet de robe en viande. Elle assure que rien ne laissait supposer, dans les propos de Zilch, qu'il voulait disparaître. D'ailleurs, ce même jour, il a également joint un copain à qui il a proposé d'aller en randonnée avec lui. Mais le dénommé Jules Latenzio s'envolait le soir même pour l'Australie et devait y rester plusieurs mois. On a vérifié. Pas d'anguille sous roche de ce côté-là.

— À cette date, il n'avait donc pas l'intention de tout plaquer.

Ravachol répétait lentement ce que Vincent exposait afin que Ducasse note avec précision. Il était avec Pauline le jour où on lui avait fracassé la tête avec une pelle de chantier. Il s'en voudrait éternellement de ne pas avoir mieux assuré sa coéquipière. Cette fois-là, il lui avait cependant sauvé la vie. Une vie dont il se sentait maintenant responsable. Les prévenances dont il l'entourait agaçaient souvent le lieutenant Ducasse.

À l'instant d'ailleurs, Pauline levait au ciel un regard exaspéré pendant que ses mains s'agitaient frénétiquement sur le clavier.

Ceux qui se heurtaient aux surfaces rustres de Ravachol pouvaient le croire machiste ou imbu de son expérience. Pour qui le connaissait mieux, ses attentions et ses conseils n'étaient rien d'autre que l'expression d'une inquiétude maladive que n'avait fait qu'amplifier l'épisode « pelle de chantier ». Ravachol n'était pas un macho mais une mère poule – dixit en aparté Pauline Ducasse qui, tout en s'agaçant contre lui, l'aimait beaucoup.

— À partir du 30 juillet, Élisabeth Fromanger a souvent essayé d'avoir Zilch en ligne, sans jamais y parvenir. Elle a dû accepter, nous a-t-elle dit, de correspondre avec lui exclusivement par texto. On a le relevé de ses communications. Tout concorde.

— Ils ont donc eu un échange de messages du 30 juillet au 18 septembre ?

Pauline tapait l'affirmation en même temps qu'elle posait la question.

— C'est ça. Pendant cette période, deux de ses amis et un journaliste ont essayé de joindre Zilch. Il leur a répondu, par texto également, qu'il les rappellerait après son vernissage, que pour l'instant il était à fond dans son travail et qu'il ne voulait pas se déconcentrer.

— En ce qui concerne Arlette Bourdieu, elle a vu Zilch le mercredi 29 juillet. D'après elle, il était encore très amoureux, compléta la commissaire.

— On le comprend, hein Ravachol ?

Le regard sévère de Pénélope éteignit instantanément les velléités de Trignasse à jouer les goguenards.

— À partir de cette date, elle n'a plus reçu, elle aussi, que des SMS de plus en plus évasifs, et le 20 août, un mot de rupture, sec et sans ménagement. Ce sont les mots de madame Bourdieu.

Vincent avait repris l'exposé systématique de leurs investigations.

— D'où ont été envoyés les messages depuis le 30 juillet ?

Ducasse emmagasinait et cataloguait au fur et à mesure chaque détail. Ses doigts bougeaient sur le clavier comme les pattes d'une araignée énervée.

Pénélope dessinait des croix, rouges pour signaler une rencontre de chair et d'os ou une conversation téléphonique de vive voix, bleues pour comptabiliser les textos.

— Ils ont tous été envoyés des Chambaran. On ne peut pas être plus précis.

— Depuis chez sa femme ?

— On ne peut être sûr de rien. La borne-relais couvre une zone immense.

— Adèle Zilch l'a vu quand pour la dernière fois ?

— Le 17 ou le 18 septembre. Elle ne sait plus.

— Il faudrait aussi signaler le séjour de Sacha Zilch chez sa mère. Elle y est arrivée le dimanche 26 juillet et en est repartie le dimanche 2 août.

Vincent voulait que son idée, obsédante, prenne forme sur le tableau. Pénélope hachura les huit jours de petits traits verts.

— On connaît les dates des allées et venues de Zilch à la Maison Mauve ?

— Adèle Zilch en a donné quelques-unes sans être absolument sûre d'elle.

Ducasse avait cessé de pianoter et fixait son écran. Les cinq autres regardaient en silence l'évidence du grand calendrier… Beaucoup de croix bleues sur les colonnes d'août et de septembre. Seules les imprécisions d'Adèle ponctuaient de rouge cette période.

— En somme, si on fait abstraction des échanges écrits, textos ou mails, et si on décide de ne pas croire madame Zilch, on peut dire que son mari a disparu depuis le 30 juillet, conclut l'inspecteur Roquette. On peut aussi penser que Sacha Zilch et son père se sont rencontrés.

— On aurait tort de ne pas croire madame Zilch ?

Ducasse avait relevé le nez pour humer les non-dits.

La commissaire avait entouré cette date de plusieurs boucles bleues. Vincent hochait la tête. Pénélope se tourna vers ses lieutenants.

— Non, on n'a pas tort. D'ailleurs, on est prêt à perquisitionner la Maison Mauve. On attend la commission rogatoire. J'ai un truc à vérifier dans le jardin…

54

Vendredi 31 juillet

Sacha avait un peu perdu l'habitude du climat frais, voire très frais, qui s'invitait en toutes saisons à la Maison Mauve. Un épisode de canicule, trop court, venait de laisser la place à une petite pluie fine et froide, insidieusement poussée depuis trois jours par les courants du nord. Rien n'arrêtait les vents au sommet de ce coteau. On finissait par s'y faire, mais il n'était pas rare qu'au cœur de l'été, on allume une flambée pour assainir les ambiances humides, pour se réchauffer dans son crépitement. Ce réconfort rustique lui manquait souvent.

Ce soir, bien que les jours de fin juillet s'éternisent encore, la nuit était arrivée tôt parmi de gros nuages hostiles. Sacha avait enfilé le ciré jaune de sa mère. Elle était sortie avec l'intention de ramener du bois pour un petit feu.

Adèle l'avait prévenue. Zilch devait passer dans la journée pour parler d'un projet concernant l'exposition d'octobre. Elle lui demanderait de repartir aussitôt. Bien sûr, elle lui dirait que leur fille était là mais la situation était telle maintenant qu'il n'y avait aucune raison pour qu'il refuse de s'en aller.

Sacha avait fulminé en silence contre sa mère qu'elle trouvait bien optimiste et trop peu radicale. Elle aurait dû refuser tout net de voir cet individu. Malgré ce qui s'était passé, elle s'en occupait encore, même si elle ne lui pardonnait rien. Lui savait que sans le regard critique et averti de sa femme, il ne serait peut-être pas l'artiste reconnu qu'il était. Il continuait donc à la solliciter. Chaque fois, elle acceptait. Elle ne se défaisait pas tout à fait de leurs amours d'alors.

Oui, Sacha en voulait à sa mère de coopérer toujours. Mais ce matin, de la regarder préparer le café, elle s'était attendrie. Elle voyait Adèle se ratatiner. Elle n'était plus sa grande Maman, forte et dure. Des dizaines de petits sillons étoilaient le coin de ses yeux et le bord de sa bouche. Le dessin de ses bras, qui avaient toujours été nerveux et galbés, était devenu incertain. Et puis elle se voûtait. Sacha avait l'impression qu'elle pliait sous une force obstinée, l'âge certainement. Adèle tenait pourtant à cette « droiture ». Elle faisait encore la leçon à sa fille. Elle la serinait pour qu'elle se redresse, pour qu'elle lève le menton, pour qu'elle soit fière d'elle-même.

En fin d'après-midi, Sacha avait entendu la voiture passer le portail, s'arrêter. Une portière avait claqué. Et puis, la voix honnie avait ravivé ses souvenirs – tous ceux de l'enfance étaient à mettre à la poubelle dorénavant. Elle le savait maintenant tout près.

Une nausée irrépressible traversa son corps par vagues successives. Elle sut se maîtriser. Elle avait beaucoup travaillé là-dessus. Elle était plus puissante dorénavant. L'horreur absolue ne l'avait qu'effleurée car Adèle l'avait empêchée.

55

Vendredi 6 novembre… presque à la fin de la journée

On avait parlé de meurtre, de mobiles et, pour la première fois ce matin, Adèle et Sacha y apparaissaient un peu plus qu'en filigrane. Habitué aux duplicités de tout acabit, un enquêteur n'a pas d'a priori et se sait capable d'évaluer le potentiel criminel de quiconque pénètre le faisceau de son enquête. De toute évidence, quelque chose avait retenu les soupçons de Pénélope à l'égard d'Adèle Zilch. Cela la mortifiait. Et Sacha n'était toujours pour elle qu'une voix au téléphone.

Ducasse avait posé des questions précises concernant les motivations d'un assassinat éventuel – il ne fallait pas oublier qu'on n'avait toujours pas de cadavre. Marge avait avancé l'idée d'un déraillement. Elle avait pensé à Siméoni sur le point d'embarquer au poste une femme de soixante-quinze ans poussée à bout. Elle avait rappelé qu'un meurtre n'est pas toujours rationnel, ni prémédité.

— Même si des agaceries mitent depuis bien longtemps l'histoire de chacun, une femme peut poignarder le père de son bébé parce qu'il a fait trop de bruit et un père peut fracasser le crâne de son fils par jalousie. Ce sont des actes fous et impulsifs. En général, on retrouve l'assassin rapidement, parfois sur le lieu du crime. Il peut être stupéfait, il est souvent anéanti, il est parfois suicidé…

— Ok pour un déraillement… Genre, zut je l'ai tué ! Mais dans cette histoire, on parle aussi d'une sculpture en viande ! Peut-être faite avec les filets mignons de Luc Zilch ! Et puis elle a été livrée, cette sculpture ! Et incendiée ! On n'est plus du tout dans de l'impulsif, là.

— Oui, mais si elles étaient deux ?

L'inspecteur Simon Siméoni avait fini par coffrer la vieille dame, l'épouse de l'exhibitionniste sénile du quartier Saint-Georges. Au bout d'une petite heure après que son mari se soit envolé par la fenêtre, elle était sortie de son hébétude. Avec un peu de lassitude, elle s'était appuyée sur le bras accueillant de la petite Marie, le brigadier Malataverne, et lui avait expliqué qu'elle n'avait pas pu faire autrement que de le pousser. Elle n'en pouvait plus de ses extravagances libidineuses. Elle avait passé sa vie à le supporter, et là, ça suffisait. Elle était bien d'accord pour faire une déposition et la signer… Après, elle se reposerait.

Il était maintenant dix-huit heures et il faisait résolument nuit. L'équipe au complet était dans les locaux. Siméoni tapait son rapport. Le brigadier Parpaing avait remonté les tartes à la praline que Pénélope avait commandées à la pâtisserie d'en face. Une partie des hommes et femmes de la brigade serait au repos durant deux jours. Mais tous savaient que leurs projets n'avaient pas grand poids face aux urgences et aux impératifs imposés par les troubles de tout poil.

Pour l'heure, chacun profitait du moment, les doigts et la bouche poisseux de sucre rouge, les dents collées dans le caramel et les amandes. Ça sentait bon le café.

Même l'éclairage abrupt des bureaux paraissait chaleureux tant le dehors était venteux et froid.

Vincent venait de raccrocher le combiné.

— J'ai eu Sacha Zilch au téléphone. Elle a répété mot pour mot ce qu'elle nous avait déjà dit. À croire qu'elle lisait un emploi du temps.

— On n'a aucun moyen de la faire revenir ?

Pauline Ducasse avait relu ses notes. Elle était attentivement remontée le long des ramifications de l'affaire Zilch, numérisée par ses soins. Et maintenant, comme le lieutenant Prieur, elle trouvait qu'un petit interrogatoire s'imposait.

— Jusque-là, on n'a pas vraiment de raison pour la faire revenir… On ne sait juste pas où est son père. Et elle était vraiment à Boston lorsque la sculpture a été livrée et brûlée.

Pénélope était fatiguée, un peu découragée aussi. Elle avait pensé obtenir dans la journée le feu vert pour perquisitionner la Maison Mauve. Elle attendait encore. On ne savait pas ce que fabriquait le juge d'instruction.

— Elle m'a appris aussi qu'elle vient d'obtenir la nationalité américaine. Elle bénéficiait de la Green Card[9] depuis plus de cinq ans. Elle a fait la demande en rentrant de France, cet été.

— Bizarre, non ? Pour quelle raison maintenant ?

— Elle dit être enceinte. Comme elle n'est pas mariée avec son compagnon, elle aurait ainsi la même nationalité que son enfant. C'est une bonne raison.

Sacha Zilch était enceinte. Cela modifiait un peu l'image mentale que Pénélope s'en était faite. Elle connaissait l'âge de la jeune femme mais, à part le portrait de son passeport,

---

[9] Carte de résident permanent aux États-Unis

elle n'avait vu que des photographies de sa jeunesse. Elle savait aussi qu'elle avait obtenu sa carte de résidente aux États-Unis en y gagnant un prix d'architecture. Sacha Zilch avait réussi cette performance au sein de la très solide agence bostonienne de son petit-cousin, lui-même Américain.

Malgré ce que Pénélope avait entendu, lu, puis relu, elle s'était inventé une Sacha de trente ans, encore un peu adolescente.

Aujourd'hui, Marge était surprise, dépossédée, comme chaque fois qu'elle lisait dans un roman un nom inhabituel et compliqué. Elle le prononçait mal dans le silence de son imagination et se sentait violentée si, d'aventure, un autre s'en emparait pour le dire tel qu'il était vraiment écrit.

Sacha Zilch était enceinte, Américaine et adulte depuis longtemps. De ce nouveau point de vue, Pénélope trouvait beaucoup plus palpable l'éventuelle implication de la fille dans la disparition de son père.

Elle partagea cette impression avec Vincent. Il la regarda bizarrement, en haussant les sourcils, sans aucun commentaire. Sacha Zilch était dans le collimateur de l'inspecteur Prieur depuis le début et Pénélope avait bien compris que l'échafaudage sensible sur lequel reposait cette intuition s'enracinait dans le secret de Vincent.

Sacha n'avait pas opté pour la double nationalité. Elle était devenue Américaine. Point. Elle avait coupé les ponts. C'était radical. Cela la rendait un peu plus inatteignable… Et donc un peu plus suspecte.

— Parmi les conditions de naturalisation, il y a un article intéressant, harangua Vincent. Il faut être de bonne moralité, à savoir… ne pas avoir subi d'arrestation ou de condamnation pour un crime grave. Elle est peut-être enceinte. Elle veut peut-être être Américaine comme son bébé… On peut aussi imaginer qu'elle s'est précipitée avant qu'il ne soit trop tard !

Depuis trois minutes, deux questions prenaient de plus en plus d'importance dans les tergiversations de Pénélope. Pourquoi, en réalité, Sacha ne voulait-elle plus voir son père ? Marge était bien certaine que, sur cet aspect-là, Adèle avait dit la vérité. Et quelle qu'en fut la raison, celle-ci avait-elle pu faire dérailler Sacha ?

56

Vendredi 31 juillet

Ses parents avaient discuté deux bonnes heures dans l'atelier, au sous-sol. Zilch parlait fort. Au son monotone que Sacha percevait, elle avait l'impression qu'il répétait les mêmes choses, comme une litanie. Il était peut-être saoul. Sa mère saurait gérer. Elle y était toujours arrivée.

Afin d'éviter toute rencontre avec lui, Sacha était sortie par la cuisine. Elle avait attrapé au passage la petite hache que l'on rangeait dans la maison, vers les bottes en caoutchouc. Adèle avait un jour décidé que dehors, sous la remise, elle prenait l'humidité des brouillards et rouillait.

Sacha avait contourné la maison pour rejoindre la resserre à bois. À cause de la pente du terrain, toutes les pièces du sous-sol ne bénéficiaient pas de grandes fenêtres. Les salles du lavoir et du garde-manger, en face de l'atelier, étaient presque complètement enterrées. Les vasistas, placés tout en haut des murs ouest, affleuraient au ras du sol de la cour arrière.

Alors qu'elle passait devant, elle reçut, comme une claque, les paroles de Zilch qui lui arrivaient sans filtre, par l'entrebâillement des fenestrons. Elle s'inclina vers l'un des rectangles illuminés et les vit dans la salle du lavoir. Le dos large de son père cachait en partie Adèle. Ils étaient penchés au-dessus du bassin rempli d'eau, comme des danseurs de tango. Elle n'apercevait de sa mère que les bras repliés à hauteur d'épaules. Elle crut une demi-seconde qu'ils s'embrassaient. Brutalement, son cerveau fit le lien entre ce qu'elle voyait et les mots qu'elle venait d'entendre. Il voulait, il allait la tuer.

Sacha se rua vers le côté opposé du bâtiment pour y pénétrer par les grandes baies de l'atelier. C'était le chemin le plus court. Il fallait courir, courir. L'urgence et la panique étreignaient ses poumons. Le ciré tenait trop chaud et faisait l'effet d'un carcan cartonné qui l'entravait. Elle suffoquait d'asthme, de terreur et de chaleur.

Alors qu'elle se précipitait à travers le sous-sol, elle revit son père entrer dans sa chambre d'enfant. C'était il y a longtemps. Il avait fermé la porte à clef et s'était approché de son lit. Elle n'avait pas compris tout de suite. Il avait défait sa ceinture. Puis il s'était penché vers elle. Son haleine puait l'alcool. À travers le drap, elle avait senti ses mains lui prendre les seins. Elle avait hurlé. Il avait plaqué sa bouche sur la sienne pour la faire taire. Elle avait eu si fort envie de vomir… Au bout d'une éternité, qui n'avait duré qu'une minute ou deux, elle avait entendu l'affolement d'Adèle derrière la porte. La poignée avait claqué plusieurs fois, en vain. Et puis un énorme bruit. Le panneau supérieur du battant avait explosé sous le poids de l'extincteur. Zilch s'était relevé. Il n'avait pas eu d'autre choix que d'obéir à Adèle qui le pointait avec le fusil du grand-père Jean. Il avait dû partir.

Maintenant, c'était Sacha la costaude. Il fallait encore courir. Quand elle arriva dans la salle du lavoir, elle vit les jambes fléchies de sa mère. Zilch était cramponné à son cou. Adèle luttait encore pour garder le buste hors du lavoir.

Elle l'avait oubliée depuis le moment où elle l'avait ramassée au cas où il aurait fallu fendre quelques bûchettes. Comme dans un rêve, Sacha leva la petite hache aussi haut que le lui permettait son bras et l'abattit de toutes ses forces. La lame entra si facilement dans le creux du cou, un peu au-dessus de la clavicule…

Le grand corps surpris lâcha prise et s'affala vers l'avant. Sacha entendit Adèle reprendre son souffle. Il était rauque et abîmé.

En même temps, elle perçut un chuchotis humide et cocasse. La chair s'était désolidarisée du métal. De grosses bulles rouge foncé s'accumulèrent un instant vers la fente béante puis le sang jaillit, irrépressible.

Les mains s'étaient desserrées mais Adèle était coincée contre la planche du bassin, sous les quatre-vingt-dix kilos d'os et de chair qu'avait été le père et le mari. Il fallait la sortir de là très vite car elle n'avait plus assez de force pour lutter contre cette masse qui l'écrasait et risquait de la noyer.

57

Vendredi 31 juillet

Maintenant, elles grelottaient. Elles étaient l'une contre l'autre au milieu du grand lit d'Adèle. La grosse couette, et aussi un édredon, ne suffisaient pas à éteindre le froid qui semblait cristalliser leur sang. Elles se tenaient la main très fort et tentaient d'attiser, l'une dans l'autre, un peu de chaleur.

Chacune revivait la brutalité du drame et réalisait le décalage terrible dans lequel leur vie venait de s'accidenter.

Sacha était certaine que d'attendre encore quelques secondes, sa mère serait morte dans l'étreinte assassine. Elle savait qu'elle avait agi au mieux de ce que la situation lui proposait.

Afin de dégager Adèle le plus vite possible, elle avait tiré de toutes ses forces le corps en partie décapité et, désemparée devant le flot de sang qui ne tarissait pas, elle l'avait fait basculer dans l'eau du lavoir. Elle avait pu alors s'occuper de sa mère qui, dans un sifflement rauque et inquiétant, peinait à reprendre son souffle.

Puis tout s'était apaisé. Les deux femmes, assises par terre, avait retrouvé une respiration plus ou moins normale et un semblant de paix. Zilch flottait silencieusement dans le bassin. Les grillons de la nuit stridulaient comme si de rien n'était.

Elles n'avaient pas appelé les gendarmes. Elles s'étaient laissé assez de temps pour ne plus pouvoir le faire. Toujours installées sur le sol du lavoir, elles avaient pesé le pour et le contre de toutes les options qui s'offraient à elles.

Sacha avait voulu se dénoncer. Sa mère l'en avait dissuadé. Elle perdrait tout ce qu'elle avait construit seule, grâce à ses compétences, grâce à son talent : ses droits de résidente et du même coup, la nationalité américaine qu'elle était sur le point d'obtenir. Elle avait là-bas son compagnon. Sa vie n'était plus ici. Un procès l'éclabousserait à jamais. Son père avait voulu la violer, il avait abîmé tous les souvenirs de son enfance. Cela suffisait.

Adèle avait envisagé d'endosser le meurtre. Sacha s'était moqué en lui faisant remarquer qu'elle était pour l'instant à peine plus vivante que le mort.

Le calme de la grande maison les avait peu à peu enveloppées. En son sein, elles se sentaient protégées. Dehors, personne ne savait. La vie du jardin, qui leur parvenait depuis le vasistas, ignorait tout de leur tragédie. Il faudrait que cela continue.

Adèle oscillait entre la culpabilité et le plan qu'il était urgent d'imaginer.

C'était à cause d'elle si Zilch avait pu à nouveau s'insinuer dans la vie de Sacha. Elle aurait dû couper tous les liens. N'aurait-elle pas dû aussi porter plainte à l'époque ? Elle avait pensé pouvoir régler le problème seule. Quelle malheureuse erreur ! Sacha saurait-elle se recoudre encore une fois ?

Et comment allaient-elles faire disparaître ce grand cadavre ?

— Il ne faut pas l'enterrer dans la forêt, on n'arriverait pas à le mettre assez profond. Il y a trop de cailloux.

— Je sais.

— Et puis il y a sa voiture. Qu'est-ce qu'on va en faire ?

— …

— Il faut qu'on s'en débarrasse le plus vite possible.

— On va l'emmener dans le Gard. Il avait prévu de faire une balade sur la Corniche des Cévennes… Il l'a sûrement dit à d'autres… Cela détournerait l'attention si sa voiture était là-bas. Au cas où on la retrouverait.

— Tu sais où aller ?

— Je connais une grange qui pourrait faire l'affaire, dans un village abandonné, un village protestant. On y allait quand tu étais petite, tu ne te souviens pas ? Des copains y vivaient. Des vieux Hippies qui avaient fait le retour à la terre. Maintenant, il n'y a plus personne.

— Tu en es certaine ?

— C'est ce qu'il m'a dit quand il m'a parlé de son itinéraire.

— Je vais changer mon billet d'avion et décaler mon retour.

— Surtout pas. Tu vas repartir après-demain, comme prévu. On ira cacher la voiture demain. On partira avant l'aurore.

— Comment tu vois la chose ?

— Tu conduiras son 4X4. Tu es plus grande que moi, tes épaules sont plus larges. Tu passeras plus facilement pour un homme.

— Pourquoi y aurait-il besoin que je passe pour un homme ?

— Maintenant, il y a des caméras partout. On va d'ailleurs éviter l'autoroute et descendre par la N86. Mais il peut aussi y en avoir dans les petits villages. Dans le cas où sa voiture serait repérée, il faut qu'on pense que c'est lui qui la conduit.

— Il va falloir que je me déguise un peu alors ?

— Un peu. Tu mettras son blouson. Il l'a posé dans l'atelier en arrivant. Tu mettras une casquette aussi… et des gants.

Au fur et à mesure que le plan se tissait dans la pénombre de la chambre, Adèle et Sacha se réchauffaient.

— Je roulerai devant toi.

— Pas trop loin ?

Sacha dit cela d'une toute petite voix.

Une crainte, dérisoire dans l'horreur qu'elles vivaient, qui bouleversa Adèle. Elle se rappela la veilleuse qu'elle lui laissait la nuit parce qu'enfant, elle n'aimait pas le grand noir du soir.

— N'aie pas peur. Le chemin vers le village se prend entre Saint-André et Saint-Jean. On se garera sous les châtaigniers. C'est une piste à peine carrossable. On montera avec son 4X4, on le cachera dans cette fameuse grange et on le nettoiera de fond en comble.

— On peut même emporter le petit aspirateur à batterie pour ne pas laisser de cheveux.

— Bonne idée. Et on laissera nos téléphones ici… Pour ne pas être repérable a posteriori.

— À toi aussi, il te faudra des gants.

— Évidemment. Après avoir fait le ménage, on redescendra à pied jusqu'à la route.

— Tu penses qu'on sera de retour vers quelle heure ?

— Si on part comme je l'ai dit, on sera de retour dans l'après-midi. Mais là, il faut dormir. Je mets le réveil.

Elles s'enclavèrent l'une dans l'autre, comme des petites cuillères dans un écrin.

— Et le corps ? Qu'est-ce qu'on va faire du corps ?

— Je vais trouver une solution, répondit Adèle.

58

Samedi 7 novembre

Vincent venait d'avoir une très matinale et très étrange communication avec Arlette Bourdieu. Celle-ci aurait voulu parler à la commissaire Marge.

Mais Pénélope avait obtenu du docteur Ichabod qu'il écourte sa séance de natation au très institutionnel et un peu suranné Spa Lyon Plage. Ainsi, elle avait pu faire contrôler, dès sept heures du matin, la cicatrisation de sa gencive, et envisager le long avenir du chantier implantaire qui s'ensuivrait.

Bref, lorsqu'Arlette Bourdieu avait appelé à sept heures du matin, Pénélope n'était, bien sûr, pas encore au commissariat. La restauratrice avait accepté de dire ce qu'elle avait à dire au jeune inspecteur.

Son discours avait été confus. Elle avait parlé de pots de conserve… Des rillettes de porc… Du moins elle le pensait. Elle semblait gênée en parlant de SES pâtés qui en fait n'étaient pas vraiment les siens. Elle les avait reçus par la Poste, de la part d'une cliente avec qui elle avait sympathisé et qui avait promis de lui faire apprécier sa spécialité – c'est en tout cas ce que racontait la lettre glissée dans le colis.

Mais de ça, elle ne se rappelait pas… Bon, elle avait goûté… C'était en effet délicieux… Elle n'était pas tombée malade... En revanche, elle ne pouvait quand même pas certifier la composition de ces conserves. Au goût, elle avait estimé qu'il s'agissait de porc, comme le suggérait la breloque accrochée au pot. Elle avait aussi détecté une légère amertume… Elle avait alors envisagé la présence d'un zeste de pamplemousse. C'était intéressant, ce goût dans les rillettes. Mais depuis deux jours, elle s'était peu à peu laissé gagner par l'angoisse… À cause de ce qu'elle avait entendu sur la disparition en fumée d'une sculpture… faite avec de la chair… D'ailleurs, la commissaire l'avait questionnée à ce sujet. Et puis Luc n'était pas réapparu… Elle espérait que c'étaient bien des rillettes de porc… La commissaire en avait emporté pour les faire analyser. Elle était très embêtée parce qu'elle en avait offert à ses clients du Beaujolais… Bref, elle serait complètement mortifiée de leur avoir fait manger de l'humain… et d'en avoir mangé elle aussi… Parce que, d'après ce qu'elle avait lu, la chair humaine était amère…

Aux questions de Vincent, Arlette avait répondu que non, elle n'avait gardé ni l'emballage dans lequel les pots étaient arrivés par la Poste, ni la lettre. Elle ne pouvait pas se permettre d'accumuler l'inutile dans son petit lieu… Elle les avait reçus le 2 octobre… Oui, elle se rappelait la ville d'expédition… Enfin, elle croyait se rappeler… En tout cas, une ville de la banlieue de Lyon… Peut-être Oullins. En revanche, elle était à peu près sûre du nom de l'expéditrice… Elle s'en souvenait parce qu'elle l'avait noté quelque part pour remercier cette personne. C'était quelque chose comme madame Tourrel… Anne ou Agnès Tourrel… En fait, c'était bien Agnès Tourrel, avec deux « r » et un seul « l », sans « e » à la fin. Mais l'adresse de l'expéditeur était illisible sur le paquet et elle n'avait pas encore eu le temps de la rechercher sur internet. En tout cas, elle n'arrivait pas à se souvenir de cette personne… Elle voyait tellement de monde tous les jours.

59

Nuit du vendredi 31 juillet au samedi 1er août

Sacha s'était endormie comme une masse, à croire qu'il lui fallait commettre cet acte terrible pour être enfin sereine. Adèle n'avait pas fermé l'œil. Alors, elle s'était levée vers minuit.

Elle avait mis des gants. Le sac à dos de Zilch, rempli de ses effets, était resté dans le coffre du 4X4. Il y avait aussi le mannequin de couture dont il lui avait parlé, et une feuille de boucher.

Elle trouva cette rencontre improbable et surréaliste. Un ultime pied de nez. Luc avait passé sa vie à en faire. Il avait été drôle. Il avait aimé ce qui était cocasse.

Et puis, il s'était transformé en une vieille bête incontrôlable, un peu comme les taureaux ou les béliers qui deviennent méchants et dangereux. Avec les années, ses fragilités et les extravagances de sa personnalité s'étaient assombries. Sa renommée et un goût malsain pour la provocation l'avaient entraîné vers des surenchères affolantes. L'alcool aussi avait peu à peu estompé les frontières du tabou.

Lorsqu'Adèle l'avait sorti de leur vie du bout de son fusil, il avait semblé faire amende honorable. Sacha avait eu le sentiment qu'il était juste resté dans un no man's land foireux…

Adèle rangea le mannequin et le hachoir dans l'atelier. Elle récupéra le téléphone dans le blouson et passa chercher son sécateur dans la cuisine – le plus récent, celui qu'elle utilisait le moins – puis elle alla voir Luc.

Tout à l'heure, avant de quitter la salle du lavoir, elle avait à moitié ouvert le robinet. Un trop-plein évacuait l'excédent par la surface et permettait de maintenir le niveau d'eau sans que le bassin déborde. Du coup, Luc flottait à plat ventre dans un liquide encore très rose mais dont toutes les viscosités avaient disparu, écoulées dans le réseau souterrain. Les jambes, retenues par la planche à laver, avaient maintenu le cou ouvert dans un léger contrebas. Tout son sang était parti par là. Le jaillissement pourpre et épais avait été peu à peu dilué par le filet d'eau claire. En maintenant ce débit plusieurs jours, quelques galets de chlore – ceux qu'elle mettait dans la piscine gonflable – et un brossage appuyé des parois effaceraient les reliquats.

La petite hache était posée sur le fond du lavoir. Il faudrait la récupérer et la jeter dans l'Isère. C'était dommage, elle allait bien… Adèle n'avait jamais vraiment su se servir de l'autre, un peu trop grosse à son goût… Surtout, ne pas en acheter une nouvelle tout de suite. Ne pas attirer l'attention.

Elle attrapa le bras droit, presque rigide. Ainsi elle put sortir la main de l'eau. Après l'avoir essuyée avec un torchon, elle fit un essai. Le téléphone de Luc s'illumina, il reconnaissait l'empreinte. Il était important de désolidariser la mort de Zilch et la présence à la Maison Mauve de Sacha. Quelques mails et textos post-mortem le permettraient.

Avec le sécateur, elle coupa l'index exsangue et le mit dans la chambre froide. Plus tard, elle l'emballerait dans un petit linceul de gaze. Pour l'instant, elle voulait empaqueter le cadavre afin qu'à son réveil, Sacha ne le voit pas comme ça.

L'opération fut terrible car la tête, qui ne tenait plus que partiellement au cou, ballotait horriblement. Et puis c'était si lourd… De toutes ses forces, elle tira le corps vers elle. Les muscles de son ventre et son dos brûlaient. Ses bras se tétanisaient. Centimètre après centimètre, elle l'amena jusqu'au point de bascule, sur l'arête de la planche à laver. Il fut un instant en équilibre et tomba sur le sol avec un bruit mat et dégoûtant. Elle avait placé au pied du bassin une housse de planche à voile. Elle l'y rangea au mieux. Elle n'aurait plus qu'à la rabattre sur le cadavre et à tirer la fermeture à glissière. Lorsque Sacha serait réveillée, elles le déplaceraient.

60

Samedi 1er août

La piste s'arrêtait au hameau. Elle n'était ni balisée, ni répertoriée. Tout du long, il fallait la deviner. Les seuls promeneurs qui s'y aventuraient étaient des égarés. Au-delà, des sentiers de chèvres grimpaient dans l'escarpement et se perdaient dans les maquis piquants. Le ciel était encore loin, là-haut, derrière la crête.

Quelques maisons abandonnées, recouvertes de lauzes, et qui s'accrochaient à la pente rocailleuse de la montagne, s'ouvraient au ras des terrasses de pierres sèches à chacun de leurs étages, tant était abrupt le dénivelé. Des végétations ascétiques les ensauvageaient. On oubliait presque que des hommes les avaient un jour construites tant elles se confondaient avec cette nature de cailloux.

En face, de l'autre côté de la combe, la même paroi aride donnait à ce lieu l'apparence d'un entonnoir, exclusivement ouvert vers le ciel.

Depuis la route, il fallait monter dans une forêt de châtaigniers qui s'estompait en un taillis de genévriers. Après s'être demandé bien souvent si l'on était sur le bon chemin, on arrivait dans ce qui restait de ce village, comme par surprise, car rien ne laissait imaginer un quelconque commerce humain dans une telle contrée.

Bien qu'elle ne soit pas venue depuis de nombreuses années, Adèle avait facilement retrouvé la grange de son souvenir. Elle était vide. Elles avaient pu y garer le 4X4 de Zilch et ainsi le subtiliser à tous les regards… tant que personne n'y entrerait.

61

Samedi 1er août

Après avoir nettoyé l'habitacle de la voiture de fond en comble pour n'y laisser aucune de leurs traces, après avoir balayé les empreintes dans la poussière du sol et contrôler les alentours du bâtiment, elles étaient redescendues avec leur matériel. Sur la route, elles avaient abandonné dans une benne à ordure, solidement noué à l'intérieur d'un sac poubelle, tout ce qui aurait pu être compromettant un jour ou l'autre.

Durant le retour, Sacha avait dormi profondément. Sa mère avait conduit, le corps exaspéré par la fatigue et l'inquiétude. Un détail aurait pu lui échapper, un indice les dénoncer. Elle comptait bien sur les pluies de fin d'été qui ravineraient tout et laisseraient derrière elles la terre lessivée.

Le trajet se fit sans problème. Dans l'après-midi, comme prévu, elles montaient vers la Maison Mauve. Sacha était descendue de voiture et finissait à pied… pour prendre l'air. Depuis le matin elle avait envie de vomir.

Ce fut un peu après, alors qu'elle amorçait le replat, qu'Adèle avait repéré sa blancheur incongrue… Un petit camion frigorifique stationnait devant la maison.

62

Lundi 9 novembre… première partie de la journée.

Un je-ne-sais-quoi, certainement la décision de ne plus croire Adèle, avait étouffé toute perspective de retrouver Zilch vivant. Ce je-ne-sais-quoi avait plané lourdement sur le week-end. Trop d'impressions diffuses convergeaient. Trop de silence dans cette absence.

Tout le samedi et tout le dimanche, Pénélope avait attendu la commission rogatoire qui permettrait une perquisition chez Adèle Zilch.

En arrivant ce matin au commissariat, elle avait appris, par Ovibos ulcéré, que le juge était en balade, invité à réguler la prolifération des sangliers en Alsace. Il devait rentrer dans la matinée.

Ducasse était déjà accrochée à son clavier.

Un mail venait d'arriver de l'INPS[10] : « La densité du tissu adipeux, visible sur les photographies de la sculpture Baba Yaga, laisse penser que les tranches de muscle, assemblées par des points de couture, appartiennent à un animal obèse, très certainement un porc. » Un deuxième paragraphe certifiait

---

10 Institut National de la Police Scientifique

qu'aucun ADN n'avait été relevé dans les vestiges de l'incendie.

Ces nouvelles permettaient de clore certaines spéculations et de rassembler tous les esprits de la brigade, écartelés jusque-là dans trop de directions. Si la Baba Yaga brûlée était en chair de cochon, Zilch pouvait l'avoir fabriquée. Il pouvait avoir décidé de la faire incinérer. Il pouvait aussi avoir eu envie de disparaître… et disparaître en effet. Il pouvait même avoir demandé de l'aide pour tout ça.

Mais dans ce cas, Pénélope se demandait pourquoi Zilch n'avait plus communiqué que par messages écrits à partir du 1er août. Cette histoire de textos tournait dans sa tête et prenait toute la place. La culpabilité d'Adèle devenait de plus en plus prégnante. La livraison de la sculpture et les directives qui l'accompagnaient avaient embrumé la lisibilité de l'histoire…

Cela devenait évident pour la commissaire. On avait brouillé, à dessein, la chronologie de cette disparition. Baba Yaga était une diversion. D'autre part, puisque Zilch n'était pas parti en fumée, il fallait sérieusement envisager maintenant de retrouver son cadavre.

Un second mail, de l'INPS aussi, suivit le premier de près. En gros, il expliquait que les prélèvements effectués à la campagne d'Arlette ne révélaient rien de remarquable. Les pâtés, dont la composition inconnue avait inquiété madame Bourdieu, étaient bien des rillettes de porc, assaisonnées avec du pamplemousse râpé…

— Pauline, est-ce que vous pourriez trouver une image réaliste d'un squelette de cochon ? demanda Pénélope en se grattant la tête.

Il fallut deux secondes au lieutenant Ducasse pour sélectionner les vues qui allaient bien. La commissaire, penchée sur l'épaule de la jeune femme, lui demanda d'agrandir la photographie d'une reconstitution osseuse. Tout le squelette d'un porc y était visible de profil.

— Vous cherchez quoi, cheffe ?

— Je cherche un os qui ressemblerait à une énorme prise électrique en porcelaine… Un os un peu rond, avec deux trous dedans.

Elles examinèrent attentivement l'image. Pauline l'agrandit encore… et encore. Rien ne ressemblait à une énorme prise électrique en porcelaine. En cliquant sur des flèches, elle fit défiler le diaporama associé à l'article. Ducasse et Marge virent passer une truie, impériale, qu'une dizaine de petits étaient en train de téter, une affiche montrant les porcs savants du cirque Barnum, deux carcasses écorchées suspendues à des crocs, un étalage de pattes sur un marché de Côte d'Ivoire et, pour finir, des cochons corses qui se prélassaient au soleil. Sur cette dernière photographie, l'un d'entre eux fixait l'objectif, le groin tendu vers le spectateur.

— Voilà, c'est ça !

Pénélope avait crié et montrait l'écran avec son doigt. Pauline avait immédiatement compris ce que la patronne voyait dans l'image. Au bout du museau de ce petit cochon noir, on discernait nettement ses deux narines… comme les deux trous d'une énorme prise électrique.

Elle tapa « groin du porc ». Les réponses n'étaient pas claires. On parlait d'os dermique, d'os libre du boutoir et de cartilage.

En cliquant sur la rubrique « image », s'ouvrit une page cynique de préparations charcutières. Les groins assaisonnés étaient innombrables, tous charnus, fumés, grillés ou en sauce. Rien d'intéressant.

Ducasse transforma légèrement la demande et là, outre quelques portraits frontaux de sangliers, de tortues et de taupes, elles trouvèrent ce qu'elles cherchaient. Cela avait la forme d'un groin, accessoirement d'une énorme prise électrique en porcelaine. C'était blanc. C'était une sorte de conglomérat cartilagineux, et cela pouvait éventuellement se vendre en sac, comme friandise pour les chiens. C'était une chose comme ça que Pénélope avait aperçue de loin, au-delà d'Adèle, en partie enfouie au sommet de la fourmilière. Quelqu'un avait dû l'y poser pour que les rousses des bois finissent, avec leurs délicates mandibules, le travail d'écharnage. Cet os bizarre n'avait pu être transporté jusque-là par les fourmis. Il était trop lourd, trop volumineux.

Par ailleurs, cette même personne, ou quelqu'un d'autre, s'était amusée à envoyer à Arlette Bourdieu des pâtés au pamplemousse, peut-être pour la taquiner.

— On va quand même essayer de trouver cette Agnès Tourrel.

— Je crois que j'ai quelque chose, cheffe !

L'histoire des rillettes amères tarabustait Ducasse depuis deux jours. D'elle-même, elle s'était attelée à la recherche d'Agnès Tourrel. Elle avait bien repéré toute une flopée de messieurs Tourrel et quelques dames aussi, mais point d'Agnès Tourrel. Le logiciel de la Police Nationale était formel : aucune Agnès, même en deuxième, ou en troisième, voire en quatrième prénom, ne s'appelait Tourrel, mariée ou pas.

Alors, Pauline était remontée à l'aventure dans les méandres de ses dossiers. Et recroquevillé dans un de ces fameux diverticules, à l'abri d'un de ces petits culs-de-sac, aménagés dans les plis de sa prodigieuse mémoire informatisée, elle avait retrouvé Cronos. Vendredi, après la tarte à la praline, elle avait vu sa patronne tellement déconfite et fatiguée, si solidement arrimée à son gros ventre, qu'elle avait voulu l'aider davantage. Pénélope avait accepté de lui céder son petit carnet rouge, le temps que Ducasse copie dans son ordinateur les notes et les embryons d'idées concernant l'affaire Zilch.

Baba Yaga la mangeuse d'enfants, une sculpture en viande, des pâtés à la composition indéterminée et au goût suspect, avaient emmené Pauline dans un monde de croquemitaines. Grâce au petit carnet rouge, elle avait suivi les pérégrinations de Pénélope. Elle savait donc ce que sa patronne avait remarqué et pris la peine de noter.

Et sa patronne, lors de sa première visite à la Maison Mauve, avait rencontré un autre ogre. Elle avait repéré Cronos alias Saturne, sur le bureau d'Adèle, dans un livre ouvert, mais aussi sur les feuillets dactylographiés rangés en pile au bout de la table. Il était le sujet et le titre d'un texte qu'Adèle Zilch était alors en train d'écrire. La sagacité de Pauline et un logiciel anagrammeur avaient fait le travail. Le nom AGNÈS TOURREL n'était autre que le cryptonyme de la phrase nominale SATURNE, L'OGRE… Le 9 octobre, lorsque la commissaire Marge avait rendu visite à Adèle Zilch, elle avait aperçu cet en-tête sur les feuillets rangés au bout de la table, dans la grande bibliothèque de la Maison Mauve. Elle avait trouvé intéressant de rapporter le fait dans son petit carnet rouge.

Le décryptage du lieutenant Ducasse semblait confirmer que l'on avait bien fait une blague cannibale à Arlette

Bourdieu et que cette blague avait été signée d'un message subliminal non moins cannibale.

Pauline imprima la photographie de ce fameux os dermique du groin de cochon. Elle imprima aussi la photographie d'une peinture de Goya[11] montrant Saturne en train de dévorer un de ses fils. L'artiste y aurait représenté Cronos, le regard fou, en train d'avaler un bras et broyant dans ses mains le reste du corps décapité d'un adolescent.

Les deux images rejoignirent sur le mur une photographie de Luc Zilch, celle de la sculpture Baba Yaga et l'œil sombre épiant Sacha.

Pénélope resta un long moment assise devant cet affichage. Quand on aurait récupéré le groin chez les fourmis, on comparerait son ADN à celui des pâtés d'Arlette. Ce serait une opération simple. Et après ça, on se retrouverait Gros-Jean comme devant. Comment prouver que ce groin et la robe de l'ogresse appartenaient au même animal ? Et quand bien même on le prouverait, qu'est-ce que cela dirait de la disparition de Luc Zilch ?

Là s'ouvrait l'abîme dans lequel sa réflexion se diluait depuis un mois. Un lien important et atypique avait tout de même été établi par l'inspecteur Ducasse, celui qui reliait Adèle au cochon d'Arlette. Encore une fois, Pénélope se tordait le cerveau… C'était fou ce que ce métier la faisait cogiter.

Et puis, elle laissa traîner ses yeux sur Saturne… Elle se rappela l'ouvrage consacré à Goya posé, lui aussi, près de l'ordinateur, à la Maison Mauve. Elle venait de parcourir

[11] *Saturne dévorant un de ses fils* - Peinture murale transposée sur toile – Francisco De Goya – 1819/1823 – Musée du Prado - Madrid

rapidement, sur son Smartphone, quelques articles pour décrypter l'œuvre… Goya l'avait peinte dans sa maison, pour lui seul, sur le mur qui faisait face à l'entrée. Quiconque pénétrait chez lui ne pouvait l'éviter. Il avait été établi qu'à l'origine, le géant avait été représenté avec un sexe en érection. Lors du transfert de la fresque sur une toile, vers le musée, ce détail avait disparu, peut-être à cause d'une détérioration, peut-être pour respecter la bienséance de l'époque. Le titre avait été donné bien après la mort de l'artiste, lors du déplacement de la peinture.

Pénélope pensa qu'il était certainement plus acceptable pour le public d'alors de contempler un dieu, fût-il infanticide, qu'un ogre domestique et incestueux. Et pourtant, Goya l'avait installé dans son quotidien. Avait-il voulu raconter l'irracontable pour en guérir ? Dénoncer par une métaphore ?

Elle compara le regard halluciné du géant et l'œil avide fixé sur Sacha. Le hasard de l'enquête, ou un jeu de connections prédestinées, ou peut-être encore la culture pointue d'Adèle, mettait les deux images en lien. De l'un et de l'autre suintait la même démence obscène.

Pénélope était maintenant pressée de lire ce que racontait Adèle dans sa nouvelle. Mais que fabriquait le juge ? Il était tellement délicat, ce juge, et citadin dans toutes les fibres de son être ! Qu'était-il allé s'encanailler dans cette aventure rurale ?

63

Lundi 9 novembre… un peu après.

Plus tard dans la matinée, Pénélope eut Élisabeth Fromanger au téléphone. Elle la rassura. Son artiste n'était pas parti en fumée. La galeriste, peut-être soulagée, oublia un moment ses soucis de douane et confirma à Pénélope qu'elle avait découvert le titre de la sculpture brûlée dans le dernier texto de Luc. Qu'il ne lui en avait pas parlé auparavant.

On pouvait donc penser que Baba Yaga, qui appartenait au champ lexical des appétits tabous, était une invention d'Adèle.

Ovibos venait d'avoir le juge. Il était coincé sur le plateau de Langres. Des averses de verglas avaient rendu la circulation impraticable.

Vincent, planté devant les photos collées au mur et que Ducasse tenait au courant des dernières conclusions, encore très interrogatives pour la plupart, y alla de son petit commentaire nostalgique sur le climat du nord-est.

— D'ailleurs, on attend une grosse baisse de température sur notre région aussi. On risque bien de perquisitionner dans la neige, ajouta-t-il.

— Si on a enfin la chance d'obtenir cette fichue commission rogatoire !

Pénélope savait précisément maintenant ce que son équipe chercherait. Et elle avait hâte de mettre tout le monde au travail. Elle voulait récupérer cet os de groin, comparer son ADN à celui des rillettes amères. Elle voulait savoir dans quelle pièce de la Maison Mauve avait été réalisée la sculpture de chair. Et puis, tout serait retourné pour qu'on retrouve le cadavre de Luc Zilch. Trignasse l'avait convaincue. Le 4X4 garé dans les Cévennes était une fausse piste organisée. Il était trop propre. Pénélope en voulait à ce satané juge d'instruction d'être chasseur et surtout d'être si peu dégourdi au volant d'une voiture.

Plus elle attendait, plus elle y pensait, plus elle en était certaine : de toutes les personnes qu'elle avait approchées dans cette histoire, c'était Adèle la plus étrange, la plus décalée. Et, à la réflexion, l'imaginer en train de coudre cet horrifique ouvrage n'était presque pas choquant... Ducasse avait retrouvé, dans les annales d'une biennale sud-américaine, un article concernant une œuvre d'Adèle, datant de son époque conceptuelle[12]. Elle y avait mis en scène, dans une installation complexe, les indices d'un crime. Dans une vidéo associée, elle invitait chaque spectateur à imaginer un meurtre parfait à partir de ces supposés vestiges, et à laisser dans une urne ses propositions écrites. Elle s'engageait à rédiger la meilleure idée sous forme de nouvelle, à l'éditer et à l'associer à son œuvre pour la pérennité. *Quelle idée saugrenue*, pensa Pénélope. Elle imagina aussi ce qu'aurait dit Églantine : réalisation audacieuse, généreuse, intéressante... Une chose était certaine, cette femme n'était vraiment pas banale.

---

12 L'Art Conceptuel est un mouvement de l'Art Contemporain apparu dans les années 60. Il définit l'œuvre par le concept, l'idée qui la génère, et non par ses propriétés esthétiques.

Le brigadier Malataverne avait eu la mission de lire les contes écrits par Adèle, édités sous son nom de jeune fille, Blondel. Le rapport de Marie parlait d'ogres et de loups, de fringales féroces, d'enfants combatifs et astucieux qui sortaient finalement victorieux des pièges que leur tendaient des adultes aux convoitises troubles.

Pénélope était navrée… Bien sûr, tout était sous son nez depuis le début.

64

Lundi 9 novembre... encore plus tard.

Prieur et Marge étaient côte à côte devant l'ordinateur, dans le bureau de la commissaire. Ils faisaient une nouvelle fois défiler, à très grande vitesse, les enregistrements de la surveillance urbaine datant du 18 septembre, quartier des Confluences. Cette fois, ils savaient qui chercher.

Le juge n'avait que très peu progressé sur le trajet qui le ramenait vers son tribunal. D'importantes chutes de neige avaient succédé au verglas. Les conditions étaient épouvantables. L'autoroute se recouvrait au fur et à mesure qu'elle était déblayée. Aucun salut si l'on ne suivait pas de près le chasse-neige. Pauvre juge.

Le ciel de Lyon commençait à pelucher.

La question qu'allait poser Pénélope n'était pas anodine, elle le savait.

Alors, elle fit bien attention de regarder l'écran droit devant elle pour ne pas voir l'inspecteur Prieur.

— Vincent, qu'est-ce qui vous a mis la puce à l'oreille ? Vous avez tout de suite pointé Sacha. Étant données les tournures que prend l'enquête, vous avez certainement vu juste.

Pénélope eut la sensation que l'air de la pièce se figeait d'un seul coup, que le fil du temps se bloquait. Elle entendit très nettement Vincent déglutir. Il y avait un truc sec dans son œsophage qui l'empêchait de faire ça naturellement. Il devait être en train de préparer à toute allure une réponse adaptée.

Avoir le regard rivé sur le flux halluciné des piétons et des véhicules permettait à chacun de faire comme s'il n'était pas gêné.

— C'est quand vous m'avez dit qu'elle évitait son père.

— C'est en effet Adèle qui m'a dit ça. C'était pourtant tellement ténu ?!

Mais Vincent n'entendit pas la remarque de Pénélope. Il venait de se jeter à l'eau et imaginait la façon dont il raconterait maintenant son histoire.

— Cheffe, peut-être bien que Sacha Zilch a en effet tué son père. Peut-être que sa mère l'a aidée, ou vice versa. Ce dont je suis certain, depuis que nous essayons de percer le mystère du polaroïd et celui du regard sombre, c'est que Sacha, à un moment de sa jeunesse, a vécu sous une menace, certainement celle de son père. Et le temps est passé. Si meurtre il y a eu, c'est qu'une crise a éclaté, un évènement incontrôlable. C'est que l'une ou l'autre a pensé que ce serait l'unique solution pour neutraliser le danger. Je le sais, commandant, car je suis moi-même un enfant violenté, un enfant abusé, un enfant à tout jamais détruit, l'enfant d'un ogre. Je le sais parce que j'ai dû défendre ma mère pour que mon père ne la tue pas et… mon père est mort.

Le silence qui suivit remplit les vides de la pièce telle une mousse expansée qui se serait insinuée dans chaque recoin. C'était épais et obnubilant. Mais Vincent se sentait léger d'être déchargé de son secret. Il eut la sensation de flotter au-dessus de l'ambiance saturée.

Pénélope, perturbée par la confession de son adjoint, pensait aux soupçons de Ravachol ; elle pensait aussi à ce que Fontenet avait dit : il avait évoqué des fragilités latentes... Tu parles ! Comment en serait-il autrement ? En même temps, elle s'appliquait à réajuster les pièces de l'enquête au travers de ce prisme particulier et nouveau pour elle.

Chacun des deux continuait de fixer l'écran, le flot s'y écoulait toujours en saccades burlesques. Un livreur, très mince, le traversa de droite à gauche... un livreur à pied, filmé à 13h00 le 18 septembre, rue Paul Montrochet, à deux pas de l'Yconique immeuble... un livreur en casquette et capuche qui poussait devant lui un diable chargé d'un énorme carton.

Si Pénélope avait été concentrée sur ce qui se passait devant elle, elle lui aurait certainement trouvé une démarche de lutin. Mais la commissaire et son lieutenant avaient été aspirés par les mots qui venaient d'être dits... Et, de l'autre côté de l'océan, Sacha espérait tellement que tout se passerait bien pour sa mère, elle devait lui envoyer tant de souhaits que cette énergie d'amour avait dû se transformer en magie... Ainsi, le livreur encapuchonné sortit du champ sans être repéré.

Dans la pièce à côté, Ravachol décrivait des cultures ravagées, éventrées, labourées et détruites avant les récoltes. Bref, il expliquait au brigadier Malataverne, sceptique, pourquoi il fallait réguler la prolifération des sangliers.

Le juge, par l'intermédiaire d'Ovibos, avait annoncé qu'il serait à pied d'œuvre, à son bureau, en toute fin de journée. L'équipe pouvait compter sur la commission rogatoire tant attendue et programmer la perquisition de la Maison Mauve pour le lendemain, six heures.

Trignasse s'était renseigné auprès des abattoirs et des élevages de la région. Personne n'avait livré de cochon à la Maison Mauve. Il allait maintenant passer en revue les boucheries et les supermarchés.

65

Samedi 1er août

Un petit camion frigorifique stationnait devant la maison. Bien qu'il fût en partie caché par les branches basses des Douglas, Adèle avait repéré sa blancheur incongrue depuis l'amorce du replat. Sacha avait décidé de monter à pied à travers champs. Elle saurait improviser en le découvrant.

Adèle approcha lentement et se gara sans bruit derrière le véhicule de livraison. Elle avait l'impression que tout ce temps durant lequel elle passait inaperçue était du temps gagné... Quelques minutes précieuses pour maîtriser le tremblement soudain de sa jambe droite, pour calmer le claquement de ses dents. Elle sentait la sueur inonder ses aisselles et couler au creux de son dos. La ceinture de son jean était complètement imbibée. Ses mains, elles aussi trempées, glissaient sur le volant. L'odeur de sa transpiration lui piquait les narines.

Quand elle sortit de la voiture, l'air frais de la colline la glaça. Un jeune homme, employé au supermarché, remplissait un bordereau, assis derrière le volant de la fourgonnette. Sa portière était ouverte. Adèle était maintenant tout près de lui. Il sursauta. Elle le vit nettement écarquiller les narines. Elle devait puer.

— Tout va bien, madame Zilch ?

Il la regardait, visiblement inquiet. Instinctivement, Adèle réajusta le foulard sur son cou. Elle imagina son allure, se sentit hagarde et fatiguée, surtout très fatiguée. Elle devait faire peur.

— Oui, tout va bien. Vous me livrez quelque chose ?

— J'ai là une carcasse de porc et une bassine d'abats pour monsieur Zilch. Je mets tout ça où ?

Le regard incrédule de son interlocutrice devait le mettre mal à l'aise. Il eut besoin de se justifier en expliquant que monsieur Zilch était venu en personne passer sa commande, et que monsieur Zilch avait vu tout ça avec son patron.

Il avait une barbe très mince, taillée en collier, comme cela se faisait dans les années soixante-dix… Adèle trouva ça ringard. Elle se dit aussi qu'il avait l'âge d'être son fils et que cette coquetterie devait être le fin du fin de la mode actuelle. Elle remarqua également un drôle de bijou qui aménageait un grand vide dans le lobe de son oreille. Ce truc la dégoûtait…. Elle n'arrivait pas à définir si c'était le lobe gauche ou le lobe droit. Où était sa gauche ? Où était sa droite ? Ce problème lui obstruait toute la tête, empêchant ce qu'elle venait d'entendre de pénétrer sa réalité.

— Vous m'avez entendu, madame Zilch ?

C'était trop. Elle n'arrivait pas à réfléchir. Bon sang, elle avait oublié ! Luc lui en avait parlé hier. Ce n'était qu'hier. Donc, qu'est-ce qu'il lui avait dit hier ? Ah, oui ! Il avait commandé de la viande fraîche, beaucoup de viande fraîche, pour faire cette satanée robe… Et de quoi en faire bouffer aux gens, le soir du vernissage… Faire une sculpture intrusive en somme…

Non, bien sûr, il ne fallait pas que ce joli jeune homme descende vers la réserve et surtout pas qu'il ouvre la chambre froide. Avait-elle bien fermé les portes ? Elle devait prendre une décision. Tout de suite.

— C'est très volumineux, une carcasse de porc ?

— Eh bien… c'est volumineux comme un porc entier !

En disant cela, il ouvrit les portières de la cabine réfrigérée. À travers le gros nuage de vapeur froide qui en sortit, Adèle aperçut le cadavre rose. Elle ne mangeait plus de viande depuis des années, par choix, par compassion. Ce spectacle, là, chez elle, à la Maison Mauve, après ce qu'elle venait d'endurer, l'estomaqua et la fit vaciller.

— Ça va, madame Zilch ? Le jeune livreur était à nouveau inquiet, un peu plus peut-être. Dites-moi où je dois aller. Je me débrouillerai tout seul. Asseyez-vous quelque part et reposez-vous.

Adèle le trouvait gentil et encombrant.

— Écoutez, on va le descendre à l'atelier en attendant. La chambre froide n'a pas été vidée. Mon mari va arriver bientôt, je pense.

— Ça marche. Si vous voulez, je vous laisse le diable. Ça sera plus facile pour déplacer votre cochon. Vous le rapporterez au magasin dès que vous pourrez.

Elle lui montra comment contourner la maison jusqu'aux baies vitrées. Puis elle le rejoignit par l'intérieur, pour ouvrir les portes, pour vérifier que tout paraissait normal.

Maintenant, elle se retrouvait avec ce gros animal mort. Qu'allait-elle en faire ?

66

Mardi 10 novembre

Le lieutenant Trignasse avait eu sa réponse. Du supermarché du coin, on avait bien livré une carcasse de porc à la Maison Mauve. C'était monsieur Zilch qui l'avait commandée. Il avait aussi demandé des abats, une pleine bassine de tripes. Le patron, que l'inspecteur avait eu au bout du fil, n'avait pas pu certifier que ces abats et la carcasse venaient de la même bête. En tout cas, c'était madame Zilch qui avait réceptionné la viande. En rentrant de là-haut, son employé lui avait même dit qu'elle lui avait fait peur. Elle n'avait pas l'air bien du tout… Il avait craint qu'elle fasse un malaise.

Depuis la veille, il neigeait sérieusement. Deux bus s'étaient mis en travers dans les Esses qui montaient à Croix Rousse. Au plat, la situation n'était guère plus enviable. Du coup, tous les transports en commun de surface étaient interrompus et personne n'osait prendre sa voiture. Lyon était blanche et silencieuse. C'était féérique. Malgré ces conditions, magnifiques mais peu favorables, l'équipe de la commissaire Marge était partie dans deux voitures, dès quatre heures et demie du matin. Deux gars de la Scientifique prenaient part à l'épopée. Les véhicules avaient été hâtivement équipés pour l'hiver. Pénélope et Vincent s'étaient demandé si ce serait suffisant. L'hiver à Lyon n'était pas l'hiver dans les Chambaran. La perspective de devoir affronter, par ce temps, la pente qui menait à la Maison Mauve ne les réjouissait ni l'un, ni l'autre.

Durant tout le trajet, les gros flocons qui tombaient dru dressaient une muraille sans perspective devant les phares et venaient s'écraser comme des œufs au plat sur le pare-brise. Les essuie-glaces, même sur leur rythme le plus affolé, n'en venaient pas à bout. Pour arriver en bas de ladite montée, au lieu de mettre une heure et demie comme les autres fois, il avait fallu le double de temps.

Mais c'était là que l'épreuve avait commencé véritablement. La petite route qui se hissait jusque chez Adèle Zilch n'avait pas encore été déneigée. Ravachol, au volant de la voiture de tête et malgré la mise en garde de Pénélope assise à côté de lui, s'était lancé dans l'ascension. Vincent, qui conduisait la deuxième voiture et voulait profiter des traces pour s'agripper au sol, le suivait de près. Cet empressement les avait vaillamment menés deux cents mètres plus haut, là où le premier virage ourlait dangereusement un talus abrupt, là aussi où l'inclinaison s'accentuait brutalement. Le premier véhicule s'était bien sûr mis en travers. Le second, obligé de freiner, glissait sur le côté comme un crabe, droit vers le mini ravin – à supposer que les crabes rencontrent ce genre de climat. La petite procession s'était finalement immobilisée. Ravachol était sorti pour constater les dégâts. Vincent avait dû s'extirper à la suite de Ducasse, installée à sa droite, car, de son côté, la portière ouvrait au-dessus du vide. Maintenant, tout le monde était dehors. À mains nues, il n'y avait pour l'instant pas grand-chose à faire pour sortir les deux voitures de là. Chacun s'emmitoufla donc et se chargea du matériel embarqué. L'idée était de monter à pied et de tout laisser en l'état, avec les feux de détresse. On verrait en redescendant. Après tout, cette route était un cul-de-sac.

Soudain, un énorme vacarme tomba du ciel. En fait, il ne venait pas vraiment du ciel mais de très haut dans la colline, là où la route disparaissait entre les sapins. Il faisait encore nuit noire mais deux grosses lumières, très rapprochées, qui bougeaient à toute allure, laissaient voir les troncs en ombre chinoise et une sorte de vapeur apocalyptique qui jaillissait en gerbe.

Les neuf policiers ne comprenaient pas ce qui était en train de descendre vers eux. Le grondement était de plus en plus fort et de plus en plus sourd, étouffé par la neige qui remplissait tout l'espace.

Tout ça disparut un instant dans un lacet du chemin – le bruit, les lumières, le nuage… La nuit était redevenue noire et silencieuse. Les flics ne bougeaient pas. Ils attendaient, un peu inquiets. Puis le halo illumina à nouveau la neige. Il y eut le bruit, très proche cette fois… et d'un seul coup, ils eurent l'impression que le train de Strelnikov[13] leur fonçait dessus.

Ce n'était que l'énorme tracteur chasse-neige du village, conduit par Gilbert. Il lui était impossible de déblayer la pente en poussant la neige depuis le bas, tant elle était raide. Alors, il passait par les champs et la forêt pour faire sa trace depuis le haut.

Gilbert, dans son gros engin, remorqua l'une après l'autre les deux voitures jusqu'au replat. Il dut le faire en reculant… C'était acrobatique mais il n'en était pas à son coup d'essai.

---

[13] Strelnikov, révolutionnaire implacable, sillonne la Russie dans un train blindé. C'est un personnage du film de David Lean, *Le Docteur Jivago* – 1965

Et surtout, il n'y avait pas d'autre alternative s'il voulait continuer sa route et sa trace.

L'équipe arriva à la Maison Mauve à presque neuf heures. La neige recouvrait déjà les marques du tracteur.

À madame Zilch qui ouvrait sa maison aimablement comme à chaque fois, Pénélope présenta la commission rogatoire qui permettrait à ses hommes et femmes d'inspecter de fond en comble le bâtiment et le jardin.

Cela ne sembla faire aucun effet sur Adèle. Elle proposa des boissons chaudes que personne n'osa accepter. Marge se dit qu'elle était en train de tous les mettre dans sa poche, comme elle l'avait fait jusque-là. Aujourd'hui, elle ne savait trop si l'attitude d'Adèle était naturelle et sans calcul. La commissaire voyait son Ravachol tomber inexorablement dans le panneau. Il était pourtant si âpre et si pugnace quand il s'agissait de travail… mais il était aussi tellement sensible. Adèle avait au bas mot dix ans de plus que lui et il en était déjà amoureux. Quand il faudrait faire les gros yeux, ce ne serait pas simple.

Pour l'heure, madame Zilch s'était assise sur le bord d'une des bergères rouges de la bibliothèque, les mains posées sur les genoux. Elle attendait sagement. La commissaire lui avait signifié qu'elle devrait les suivre pour un interrogatoire. Elle avait demandé s'il fallait qu'elle prépare un baluchon. On lui avait dit non pour le baluchon, mais on lui avait conseillé de s'habiller chaudement et confortablement. Elle ne s'était même pas inquiétée de savoir s'il lui faudrait aussi un avocat.

Chaque fois qu'il passait près d'elle, Vincent pensait à sa mère et s'en voulait de se sentir ému. Il trouvait qu'Adèle avait l'air serein, ou plus exactement détaché. Soit elle avait tout bordé et elle était sûre d'elle, soit elle avait prévu de s'accuser d'emblée. Quoiqu'il puisse arriver, elle protègerait sa fille... Ainsi, elle ne doutait pas et n'avait pas peur.

Les policiers visitèrent chaque parcelle de la maison, chaque centimètre carré de la vie d'Adèle. Ils ne le faisaient pas comme des brutes mais systématiquement... On avait l'impression qu'un grand vent avait soufflé dans chaque pièce. Le lavoir avait été vidé, examiné, analysé, photographié. Le jardin avait été retourné, les massifs hors-sol creusés. Partout on voyait des plaies boueuses dans la neige. Mais très vite elles blanchissaient. De gros flocons tombaient sans interruption. Ce n'était pas un jour pour perquisitionner dehors. Les explorations y étaient complexes, imprécises et inconfortables... Il faisait froid. Une fois de plus, Pénélope maudit le petit juge et ses engouements pour la venaison.

Un certain nombre d'objets prendraient la route de Lyon, emballés dans des sachets en plastique. Il y aurait parmi eux l'ordinateur d'Adèle, les feuillets qui parlaient d'ogre, son téléphone aussi... et encore un hachoir de boucher... la grande hache sur laquelle on trouverait les empreintes de Vincent... quelques couteaux de cuisine parfaitement propres, le vieux sécateur... des prélèvements de terre, de poussière.

Pénélope était allée chercher son os dermique du groin de cochon sous les branches alourdies des sapins, au bord de la forêt. Elle avait mis un moment à repérer la fourmilière. Tout était enfoui, uniformisé et blanc. En creusant la neige, puis le compost que les fourmis avaient eu le temps d'amasser avant de s'endormir pour l'hiver, elle avait fini par trouver son morceau de cartilage. Mais curieusement, maintenant qu'elle le tenait dans ses doigts gelés, il lui paraissait dérisoire et insuffisant. Elle ne se sentait pas repue comme elle l'avait imaginé. Dans son petit carnet rouge, elle avait noté qu'il lui faudrait revenir dans le jardin d'Adèle. Le bout de squelette qui devait être une clef de l'enquête était dans ses mains, et pourtant elle avait encore la sale sensation d'oublier quelque chose. Elle mit son insatisfaction de côté, elle avait trop froid pour y penser maintenant.

Le broyeur avait eu son petit succès car l'un des techniciens y avait récolté quelques fragments d'os. Adèle que l'on était venu questionner sur le sujet avait répondu qu'elle avait en effet trouvé des os dans la poubelle après le départ de Zilch. Ces os ne sentaient pas bon et elle avait préféré en faire un engrais pour ses massifs plutôt que d'attendre le ramassage des ordures.

Trignasse avait été déçu de ne pas trouver de GPS dans le véhicule de madame Zilch. En revanche, accroché dans un cagibi à balais, un petit aspirateur à batterie l'avait bien intéressé. Mais de toute évidence, on devait le vider et le laver régulièrement... il ne contenait que quelques miettes de pain et trois mouches mortes. Il fut tout de même embarqué avec le reste.

67

Dimanche 2 août (acte premier)

Sa fille était dans l'avion, un vol direct pour Boston-Logan. Elle était partie mortifiée par l'inquiétude mais Adèle ne lui avait pas laissé le choix.

Depuis deux jours, elle avait mal au cœur et vomissait. Sacha pensait que son corps réagissait à l'horreur qu'elles avaient vécue. Mais, avant qu'elle ne rentre dans la salle d'embarquement, alors qu'elles se serraient fort l'une et l'autre, sa mère lui avait conseillé de faire un test de grossesse dès son arrivée.

Rocade après rocade, Adèle s'était extirpée des parkings de l'aéroport et roulait vers ses collines. À l'instant, ce qui occupait complètement, absolument, son esprit, s'y était infiltré depuis dix minutes. Le souvenir du cadavre et des efforts surhumains qu'il avait fallu déployer pour le déplacer et le cacher s'était évaporé.

À la place, un petit rien, qui devenait une certitude, réchauffait son avenir et lui donnait de la force. Au volant de sa vieille voiture, elle en était sûre, Sacha était enceinte. Elle, sa mère, allait devoir assurer !

Finalement, ce pauvre animal était arrivé à point nommé. Si elle fabriquait la sculpture que Luc avait prévu de livrer pour le vernissage, cela donnerait le change. On pourrait croire qu'il était encore vivant après le départ de Sacha. Elle allait la coudre, cette robe de chair ! Et puis elle la détruirait, pour carboniser ses traces. Par chance, ça pourrait passer pour un coup médiatique et écarterait plus longtemps les soupçons. Ce ne serait pas une partie de plaisir mais ça valait le coup. Elle savait déjà comment elle l'incendierait. Elle avait ce fil de chauffe qu'on devait installer depuis des années dans les chéneaux du toit pour que la neige n'y stationne pas. Une fois déjà, une gouttière s'était décrochée à cause de la surcharge. Elle enduirait la sculpture de résine et de vernis – c'était très inflammable tout ça – et collerait le filin chromé dedans. Elle avait déjà le système de programmation. Tout était rangé au même endroit... Ainsi, le dernier projet de Zilch disparaîtrait. Comme lui-même avait disparu. Zilch[14], escamoté... redevenu rien et moins que rien...

Escamoter... Le joli mot avec lequel on dissimule les extrémités des brins et leurs nœuds disgracieux à l'envers des étoffes, la fit rebondir sur d'autres : broder... festonner... surfiler... Et de fil en aiguille, Adèle envisagea le terrible ouvrage qui l'attendait, l'étrange tissu qu'il faudrait épingler et surjeter avant de l'enduire et d'y mettre le feu. Elle passa en revue les tâches qu'il lui faudrait accomplir d'ici là : couper en long les morceaux à assembler, et encore avant, les prélever dans le corps de cette bête.

Elle revit la masse rose et suppliciée, si semblable encore au cochon vivant qu'elle avait été. Puis elle pensa à la vie odieuse à laquelle les hommes avaient condamné cet animal

---

[14] Zilch est un mot anglais qui signifie : rien ou zéro.

et tant d'autres... enfermé entre béton et métal dans des espaces minuscules et sans litière, de la naissance à la mort, peut-être castré à vif, battu et électrocuté jusqu'à en être sonné... puis égorgé.

Elle avait honte d'être un humain. Elle l'avait dite à Zilch, cette honte. Elle lui avait crié que cette sculpture était un projet sans conscience, un projet scandaleux et superficiel. Elle avait accusé son mari d'être odieu, préoccupé de renommée facile... d'être un père monstrueux aussi. Il était ivre et n'avait pas supporté le mépris d'Adèle. Il lui avait sauté à la gorge pour la faire taire.

Pour ne pas pleurer, elle se concentra à nouveau sur son projet. Le mannequin était déjà en place dans l'atelier. Elle ne se servirait pas de la feuille de boucher. Elle la laisserait, avec les empreintes de Luc, comme rangée et oubliée sur une étagère. Au cas où l'on viendrait fouiller. Elle saurait se débrouiller avec ses propres couteaux.

La carcasse était encore calée sur le chariot que le livreur avait gentiment prêté. Sacha et Adèle l'avaient fait rouler jusque dans l'immense chambre froide. Jean Blondel, un peu chasseur sur les bords, prévoyant de nourrir sa famille de gibier et certainement persuadé qu'un jour il leur faudrait vivre en autarcie, avait fait installer ce monument. Cela ressemblait banalement à ce qu'il avait toujours fait... se munir de ce qu'il y avait de plus pratique, de plus grand, de mieux, afin que tout soit parfait pour les siens. Dans la même idée, cette pièce du sous-sol, que l'on appelait le garde-manger, était équipée d'espaliers pour ranger les légumes et de toutes les commodités pour les laver et les préparer. Adèle s'installerait là pour écharner et découper les lés de chair. Rien n'était prévu pour suspendre un gros corps. D'ailleurs, comment le hisserait-elle seule ? Il resterait donc sur son cabrouet jusqu'au dernier moment, jusqu'à ce que tout de lui ait été « transformé ».

Elle laisserait aux buses et aux renards ce qui ne servirait pas à la confection de la robe. Il y avait aussi cette bassine pleine de tripes, berk... pour ça et pour les os, elle verrait bien.

Quand elle aurait livré la sculpture, elle n'aurait plus besoin du téléphone de Luc. Alors elle le désarticulerait et le jetterait dans le Rhône, avec l'index qui resterait dans la chambre froide jusque-là... Et puis elle irait rendre le diable.

Ah ! Il lui faudrait aussi trouver un titre à cette hideuse sculpture. Le nom d'un ogre irait bien... en souvenir. Puisque la rétrospective réunissait les œuvres féminines de Zilch, ce serait le nom d'une ogresse.

Aujourd'hui, ce plan qu'elle ourdissait était le premier acte d'une performance violente, longue et éreintante... Elle y arriverait !

68

10 et 11 novembre

Dès leur arrivée à Lyon, les prélèvements effectués à la Maison Mauve avaient été traités en urgence par la Scientifique… Quelques résultats tombèrent au début de la garde à vue d'Adèle… Les rillettes d'Arlette et le groin des fourmis rousses avaient des ADN différents… En revanche, ce fameux groin qu'Adèle disait ne pas avoir remarqué, sans quoi elle l'aurait lui aussi réduit en poudre, venait du même squelette que les fragments d'os trouvés dans le broyeur.

— Je vous ai déjà questionnée à propos de la sculpture de chair lors d'une conversation téléphonique. Vous vous souvenez ? Vous avez été évasive… et vous avez menti. Vous aviez pourtant réceptionné une carcasse de porc… Ce n'est pas rien, une carcasse de porc… Pourquoi n'en avez-vous pas parlé ?

— Luc voulait faire un coup artistico-médiatique. Je pense qu'il y est arrivé. Il m'avait donc demandé de rester discrète sur le sujet et de ne rien dévoiler. Je n'ai d'ailleurs pas vu ses bricolages. En tout cas, il n'est resté du cadavre que les os que j'ai broyés et une bassine d'abats congelés. Je ne crois pas qu'il ait réalisé sa sculpture à la maison. Il a dû faire ça en grand secret. Il ne voulait pas que les spectateurs connaissent l'origine de la viande. Lorsque vous m'avez appelée, j'étais encore dans cette logique… avec l'idée qu'il réapparaîtrait un de ces jours.

— Vous n'en êtes plus certaine ?

— Vous faites tout pour me convaincre du contraire, non ?

Il n'y avait pas de provocation dans la réponse d'Adèle. Elle parlait à Pénélope comme elle l'avait fait lors de leur première rencontre. Le contexte de la garde à vue ne semblait pas l'impressionner. Au fil des heures, elle se tenait toujours bien droite. Ses traits étaient un peu tirés, ses joues un peu creusées, mais son regard vert était vif et un rien moqueur.

Trignasse trouvait cela exaspérant. Ravachol n'arrivait pas à faire les gros yeux, bien sûr. Vincent savait qu'Adèle ne lâcherait rien, et quelque part ça lui convenait.

— Vous maintenez donc que ce n'est pas vous mais votre mari qui a réalisé la Baba Yaga ?

En vingt-quatre heures, Pénélope lui poserait cette question une trentaine de fois. Puis Vincent s'y mettrait, et Trignasse aussi.

L'autre demande récurrente concernerait le lieu où se trouvait Luc Zilch, vivant ou mort. Inexorablement, Adèle dirait qu'aujourd'hui, elle ne le savait pas… qu'en partant de la Maison Mauve, il lui avait dit qu'il allait dans les Cévennes… qu'elle pensait qu'il était peut-être encore là-bas… au fond d'un trou ?

Les réponses qu'elle avait données à propos des rillettes d'Arlette avaient plu. Adèle avait en partie dit la vérité et tout correspondait. Elle avait aussi félicité le lieutenant

Ducasse pour sa perspicacité et ses recherches sur l'anagramme.

Pauline, oubliant un instant que cette drôle de femme était suspecte, lui avait décrit le cheminement complexe de son raisonnement. D'un imperceptible mais mauvais mouvement de tête, Trignasse avait renvoyé à son ordinateur sa jeune collègue penaude.

— Pourquoi les avoir fait parvenir à madame Bourdieu ? s'était intéressé Ravachol.

— Parce que madame Bourdieu est une adepte et une excellente spécialiste de la charogne bien apprêtée. Je pense qu'elle les a appréciées. C'était la spécialité de ma grand-mère qui était elle-même un cordon bleu. Personnellement je ne mange plus de viande, mes quelques amies proches non plus. Je trouvais regrettable de gaspiller les pauvres vestiges d'une vie malheureuse, programmée, organisée à ne devenir que de la viande.

— C'est dans la recette de votre grand-mère, le zeste de pamplemousse ?

— Bien sûr, pourquoi ? mentit Adèle.

La notion de sculpture intrusive envisagée par Zilch avait été plus compliquée à faire passer. Tous les flics présents, dans le confessionnal et derrière le miroir sans tain, étaient restés dubitatifs et méfiants.

— Elle devait se présenter comment, cette sculpture intrusive ?

— Sous forme de minuscules pâtés confits que les spectateurs auraient pu avaler sur place. En retour, ils auraient reçu un somptueux certificat, attestant que l'ingestion d'une infime partie de l'œuvre de Zilch faisait d'eux une œuvre de Zilch…

— En disant « Amen » peut-être en plus ? C'est de l'art, ça ? demanda Ravachol, soupçonneux et inquiet.

— Beaucoup de gens le pensent.

— Pourquoi il ne les a pas faits lui-même, les pâtés ?

— Il s'est finalement dit que la viande de porc était un tabou trop puissant. Non pas qu'il respecte les croyances des autres, ce n'est pas son genre. Mais faire manger incognito du cochon à quelqu'un qui n'en voudrait vraiment pas risquait de lui poser des problèmes radicaux… Il est un peu couard, vous savez.

— Il ne voulait pas spécifier que c'était du porc ?

— Non, il voulait juste dire que c'était du Zilch.

Adèle s'amusait. Elle inventait à peine et livrait aux policiers stupéfaits un mégalomane ridicule et définitivement associé à une image de porc.

Quand finalement ils avaient eu un retour de l'INPS à propos des empreintes sur la feuille de boucher, ils s'étaient un peu calmés. On y avait trouvé les traces de Zilch et uniquement de Zilch. La hache avait elle aussi été examinée et Vincent avait dû avouer, sous les quolibets de ses collègues, qu'il avait coupé du bois pour Adèle.

Le chlore, posé au bord du lavoir et prélevé contre ses parois, les avait questionnés. Qu'est-ce qu'il faisait là ? Bien sûr, dans la remise, ils avaient vu une piscine gonflable dégonflée, rangée à côté d'une vieille planche à voile, mais cela ne justifiait pas que les galets de désinfectant soient là où ils les avaient trouvés. Adèle avait brodé une histoire qui était tout compte fait une bonne idée : elle avait maintenant la flemme de souffler dans la pataugeoire et, par temps de grosse canicule, ce qui était assez rare à la Maison Mauve, elle se trempait dans son lavoir. Afin que ce soit un peu moins glacial, elle stoppait le filet d'eau, mais du coup, il lui fallait traiter un peu.

Ce serait cela qui mettrait la puce à l'oreille des policiers. Adèle se l'était dit à chaque message envoyé mais elle n'avait pas trouvé d'autre solution. Bien sûr, maintenant, les flics tournaient autour du pot.

— Vous connaissez le code d'accès au téléphone portable de votre époux ?

— Grand Dieu, non ! Qu'est-ce que j'en ferais ? Cela fait bien longtemps que je ne m'intéresse plus à ses doubles ou triples vies, répondit Adèle en riant.

Elle pensa à son sécateur neuf. Elle l'avait jeté du pont, avec la petite hache. Elle se souvint du bruit lorsqu'ils avaient heurté la surface de l'eau, à peine plus fort que lorsqu'une carpe vient gober une mouche et s'en retourne. À cet endroit, l'Isère était verte et sauvage, toute bordée de forêts inextricables. C'était ici que venaient se suicider les désespérés du coin, sûrs de n'y rencontrer personne qui les ferait changer d'avis. Quant à l'index droit de Luc, à l'heure qu'il était, les poissons du Rhône l'avaient rongé. Elle avait pris soin de le lester pour qu'il ne vogue pas jusqu'à la mer.

— À votre avis, pourquoi n'a-t-il envoyé que des textos depuis le 31 juillet ?

— Mais pourquoi voulez-vous que je le sache ?

— Nous pensons que c'est vous qui avez envoyé ces messages… Parce qu'à cette date, Luc Zilch était déjà mort.

— Mais bien sûr que non, il n'était pas mort le 31 juillet. Il est arrivé chez moi le 2 août, ça, c'est sûr. Il a ensuite fait des allers-retours, mais là, je ne me souviens pas des dates… Et je ne l'ai plus revu depuis le 17 ou le 18 septembre, quand il est parti pour sa randonnée.

Les mêmes questions tournaient en boucle. Que ce soit le grand balèze qui jouait au méchant, ou le beau garçon un peu rustique qui sentait la cigarette, que ce soit la commissaire Marge ou le jeune lieutenant, que ce soit même la petite chafouine aimantée à son ordinateur, tous demandaient les mêmes choses et revenaient dessus, encore et encore.

Ne rien laisser passer. Protéger Sacha. Tenir le coup.

— Où est-il maintenant ?

— Je vous l'ai déjà dit plusieurs fois, je ne peux pas vous répondre. Si je le savais, pourquoi je vous le cacherais ?

— Qu'est-ce qu'ils se sont raconté quand ils se sont vus cet été, votre fille et votre mari ?

— Ils ne se sont pas rencontrés cet été. Ma fille était déjà dans l'avion pour les États-Unis quand Luc est arrivé à la maison. Pourquoi me parlez-vous de Sacha ?

… Et c'était ainsi jusqu'au prochain cycle de questions identiques…

Durant le retour vers Lyon, les conditions de circulation avaient été presque aussi déplorables qu'à l'aller. Pénélope avait eu le temps de lire le texte encore inachevé d'Adèle. Ce n'était pas une nouvelle horrifique pour les enfants. C'était une métaphore tragique qui parlait d'inceste, de vie abîmée et de vrais gens.

On en était à la vingt-et-unième heure de garde à vue. Adèle avait dormi quelques demi-heures depuis la veille. Elle paraissait de plus en plus mince et de plus en plus pâle mais elle se tenait encore très droite sur sa chaise. À deux reprises, Ravachol lui avait apporté de quoi manger, de gros sandwichs aux légumes. Elle l'avait chaleureusement remercié. Il en était resté ému un long moment.

Dans la salle d'interrogatoire faussement intime, les deux femmes étaient maintenant assises l'une en face de l'autre. Vincent, en retrait, se tenait derrière la commissaire. Leur solennité prévint Adèle. Ils allaient reparler de ça. Elle avait vu Pénélope emporter son manuscrit. Elle s'y attendait.

Dès que Marge évoqua la rupture entre Sacha et son père, Adèle se précipita dans les mots. Ceux-ci l'étouffaient depuis longtemps.

— Il a tenté de la violer. Elle avait douze ans.

Elle raconta qu'elle avait peu à peu senti sourdre le désir destructeur de Zilch pour sa fille. Elle expliqua ce qui s'était passé ce soir-là et comment Sacha avait nié son père depuis.

— Voilà pourquoi il était hors de question qu'ils se rencontrent à nouveau. J'y ai veillé.

— Pourquoi ne le dites-vous qu'aujourd'hui ?

— Parce que Sacha accepte maintenant que cela se sache.

— Pourquoi maintenant ?

— Elle vient de prendre cette décision… Elle veut éclaircir sa vie avant d'y accueillir son bébé.

— Pourquoi n'aviez-vous pas porté plainte alors ?

— Le père de Sacha est sorti de notre vie ce jour-là. Depuis, Sacha ne l'a plus rencontré. À cette époque, j'ai sincèrement pensé que cela suffisait. La prise de conscience actuelle rend le discours et la dénonciation de l'inceste plus évidents. Sacha portera peut-être plainte.

— Il est pourtant bien revenu chez vous !?

— Oui, il y a deux ans. Un peu dépressif, un peu plus vieux aussi. Il m'a fait de la peine. Il n'allait pas bien. Je lui ai donc proposé de passer de temps en temps.

— Est-ce vous qui avez pris cette photo ?

Pour la deuxième fois, Vincent tendit son téléphone vers Adèle. Elle regarda attentivement.

Ce jour-là, Zilch était venu chercher ses affaires. Sacha était à l'abri dans le jardin, avec des amis. Dans la glace de l'armoire, Adèle avait surpris le regard monstrueusement libidineux de son mari. Il fixait le reflet de leur fille, au fond, là-bas, dans l'abîme du miroir. Le bruit qu'avait fait la porte du placard en se refermant avait interrompu Sacha dans sa conversation. Son expression de haine et de dégoût s'était tournée d'un bloc vers ce qu'elle savait être son père, caché dans la pénombre. Adèle avait dans les mains l'appareil polaroïd de Zilch qu'elle lui apportait pour qu'il l'emballe aussi. Instinctivement, elle avait pris la photo. Elle avait voulu imprimer l'ombre obscène de ce père indigne et la colère qu'elle lui inspirait.

— Qui d'autre aurait pu la prendre ? avoua-t-elle.

— Qu'en avez-vous fait ?

— Je l'ai mise au feu. Je voulais vous éloigner du drame de Sacha.

Adèle suivait sa ligne. Elle avait composé une histoire qui serrait de près la réalité de sa vie. Tel un agent infiltré qui apprend par cœur sa légende, elle avait répété son mensonge jusqu'à le connaître sur le bout des doigts. Ainsi, sans faux pas, elle savait y mélanger quelques petites vérités avouées. Cela donnait à mâcher aux policiers qui pensaient ainsi entamer sa résistance. Mais ce bord de la vérité les déstabilisait aussi.

Il n'y avait pas de cadavre, pas de preuve… Adèle n'avait pas dévié du discours qu'elle tenait depuis un mois.

Trignasse, à qui la voiture trop propre ne revenait décidément pas, avait envie de s'acharner. Mais rien d'intéressant n'avait été trouvé dans le ventre du petit aspirateur. Et, quoi qu'il en soit, il manquait une pièce du puzzle entre ce 4X4 trop propre garé dans une grange cévenole, le corps de Zilch – à la condition que Zilch soit bien mort – et la femme qu'ils avaient devant eux.

Vincent était certain que personne n'obtiendrait quoi que ce soit d'Adèle sinon sa propre dénonciation… Aucun intérêt… Il savait que ce n'était pas elle qui avait tué Zilch. Elle aurait été plus fragile.

Pénélope était de cet avis. En revanche, elle était sûre qu'Adèle avait cousu la robe de chair. Marge avait regardé plusieurs fois le film de FR3 Lyon qui tournait autour de l'ogresse. Elle avait aussi beaucoup exploré le souvenir qu'elle gardait de cette mise en scène bizarre. Elle faisait confiance à son cerveau. Il étiquetait les informations à son insu et lui fournissait des sensations complexes et précises… tels ses écœurements spectaculaires qui l'avaient retournée, éveillés par l'anormalité du tissu.

Ainsi, Pénélope avait vu, dans la robe de Baba Yaga, une douceur, une délicatesse, un soin particulier dans l'assemblage des lés, dans leurs coutures en surjet. À l'inverse des autres vamps décapitées de la rétrospective, toutes traitées comme des mégères ostensibles, la sculpture de chair était sobre et intrigante, autrement puissante aussi. Elle n'était pas de la même facture. Ce n'était pas Zilch qui l'avait faite. Elle était trop raffinée et tellement présente. Et si Adèle avait mis tant d'application à coudre les atours de l'ogresse, c'était pour créer un leurre.

Marge en revenait à cela : au-delà de l'appeau, la disparition de l'artiste… Bien sûr, tout était de l'ordre de la sensation. Alors, comment rationnaliser ces impressions pour qu'elles deviennent des faits irréfutables et convaincants ? En l'état, ça ne serait pas suffisant pour persuader le procureur d'allonger à quarante-huit heures la garde à vue de madame Zilch.

Finalement, Adèle ressortit du commissariat le lendemain de son arrivée.

69

Vendredi 22 janvier

Prune était née le 22 janvier à trois heures du matin. On était un peu plus tard dans la matinée et elle dormait dans un berceau transparent. À côté d'elle, Pénélope, sa maman, récupérait. Ça avait été long, très long… Peut-être un corps un peu vieux, un peu trop musclé… Bref, Pénélope en avait bavé.

Maintenant, éreintée, elle regardait dormir le minuscule bébé, cette nouvelle personne de sa vie qui prenait, depuis sept petites heures, toute la place. Elle n'arrivait pas à se repaître du spectacle extraordinaire… les bras en couronne de part et d'autre de la tête… les paupières et la lèvre supérieure gonflées de sommeil… la bouche entrouverte souriant aux anges… un nez qui semblait fait de lait. L'adorable farfadet était emmailloté dans une turbulette rouge et portait un microscopique bonnet assorti.

Paul venait de partir. Il reviendrait à midi pour offrir du champagne à tout le personnel de l'étage. Il était sur un nuage.

Églantine, avant d'aller en cours, était déjà venue voir sa nièce et sa sœur. En présent de bienvenue, elle avait apporté une bande dessinée organisée sur une seule grande feuille de papier Arches. Elle y avait représenté Pénélope, que l'on reconnaissait parfaitement, portant péniblement son gros ventre dans une brouette. Au fil des vignettes, l'équipage se dirigeait vers une plate-bande de choux. Sur la dernière image, la silhouette de Pénélope s'était aplatie et un poupon tout dodu trônait parmi d'énormes feuilles bien vertes, habilement nervurées. Avant de s'en aller, Églantine avait fixé le dessin au mur, face aux lits, afin que la mère et la fille puissent en profiter dès maintenant.

Quand Pénélope put s'arracher à la contemplation de son bébé, elle s'attarda sur le cadeau d'Églantine. Sa petite sœur dessinait vraiment bien, avec malice aussi. Ainsi le gros ventre de Pénélope semblait douloureusement coincé entre les pans de la brouette en bois. Il débordait de toutes parts et paraissait terriblement lourd. Quelle bonne idée, la brouette…

Et là, soudain, Pénélope n'osa plus bouger, de peur que la vague sensation se dissolve à tout jamais. Quelque chose avait traversé son esprit. Si elle restait parfaitement immobile et concentrée, elle arriverait peut-être à en saisir l'essence. Elle continua donc de regarder droit devant elle. Cette chose fulgurante était venue s'installer à la racine de ses cheveux et dégoulinait maintenant à l'envers, tout doucement, jusqu'au sommet de son crâne, comme des gouttelettes d'eau glacée. Elle savait parfaitement pourquoi elle avait ressenti cela. Alors, elle chercha avidement dans le dessin ce qui avait déclenché les petites démangeaisons bien connues… et elle trouva.

Elle se souvint de la fourmilière, d'Adèle, mince et aussi droite que son râteau à feuilles. Surtout elle se rappela la superbe brouette, toute en aluminium, que madame Zilch avait ce jour-là remplie d'aiguilles de sapin. C'était bien sûr cela la pièce manquante pour achever le puzzle ! La brouette rendait possible un lien entre la voiture, Adèle et un cadavre devenu transportable. Trignasse avait tourné autour. Ils avaient tous manqué d'imagination. Il faudrait peut-être qu'elle parle de ça au collègue qui la remplaçait…

À quoi bon, l'affaire avait été classée.

Une infirmière entra comme un ouragan dans la chambre. On devait réveiller l'ange pour le faire téter. Elle reparla à Pénélope du tire-lait qui lui serait nécessaire quand elle aurait repris le travail. Pénélope n'était pas enthousiasmée par la perspective d'utiliser cet engin au commissariat. Mais à la guerre comme à la guerre…

70

Mai !

De sa place, Adèle ne voyait pas grand-chose au-delà de l'aile. Peu importait, elle allait profiter des sept heures trente de vol pour dormir. À son arrivée à Boston, Sacha serait là avec sa fille, une petite yankee qui ressemblait à ses grand-mères, d'après sa maman. Cet avenir était lumineux.

Adèle laissait la Maison Mauve de ses parents dans le printemps. Elle l'avait vendue et n'y reviendrait pas.

En sortant de sa garde à vue, avec le jeune qui l'aidait parfois au jardin, elle avait remis en état l'extérieur et rangé le désordre de l'intérieur. Elle s'était ensuite mise au travail une dernière fois sur la grande table de la bibliothèque. Elle avait mis un point final à son histoire d'ogre et de père. Son éditrice était dithyrambique. Elle ne savait pas encore dans quelle collection paraîtrait ce roman, peut-être dans la *Noire de Noire*, ou encore dans la *Nocturnes*… en tout cas, pas dans l'habituelle *Crépuscule Des Tout-petits* qui, parmi toutes ses histoires à faire peur, donnait déjà à lire plusieurs nouvelles d'Adèle.

Sept mois plus tard, Zilch était toujours considéré comme

absent. Ses œuvres étaient coincées en France. Ni Élisabeth Fromanger, ni personne, ne pouvait rien y faire… Il fallait attendre dix ans ou son retour.

La galeriste était un jour venue à la Maison Mauve, pour humer l'air, pour tacher d'en savoir plus. La noirceur de l'artiste commençait à suinter mais elle n'avait certainement pas très envie d'y croire. Adèle l'avait reçue. Elle lui avait révélé la nature opaque et nocive de l'homme que toutes deux avaient aimé. Sous le coup de cette vérité, Élisabeth s'était recroquevillée, fripée, déteinte… Elle était un instant devenue vieille et malheureuse. Adèle avait eu de la peine.

Élisabeth Fromanger avait cependant très vite repris le dessus. Son tempérament de femme d'affaire pragmatique avait redressé son petit corps. Ce serait un coût pour la galerie mais il fallait absolument s'adapter à cette nouvelle situation, il fallait oublier et surtout faire oublier l'œuvre de Zilch. Ce scandale n'allait pas manquer d'éclabousser salement, elle devait l'effacer des tablettes. Adèle l'avait vue repartir délestée de sa jeunesse mais prête au combat.

L'hôtesse de l'air venait de servir un café. La vieille dame assise à côté sortait d'une boîte des petits gâteaux à la cannelle… Leur parfum lui rappela la première visite de la commissaire Marge. Adèle lui en avait offert de semblables.

Elle avait été bien étonnée de voir une femme enceinte émerger de la voiture. Elle devait approcher des quarante ans. Manifestement, sa grossesse la fatiguait et elle avait mal au cœur.

Pourtant, elle s'était approchée avec une démarche de sportive, voulant ignorer son gros ventre, un peu incongru dans cette situation. Il avait fallu qu'elle se présente pour qu'Adèle soit sûre que c'était bien le flic qu'elle attendait. Ses yeux avaient été à l'affût dès cet instant. Ils avaient la couleur des myosotis, un peu violets sur les bords. Les cheveux blond clair, coupés à la Stone, lui faisaient un casque au ras des sourcils qui mettait en valeur son regard mobile et perçant.

Adèle avait su dans l'instant que cette Pénélope Marge verrait l'invisible. Mais Adèle était prête, prête aussi à s'accuser si cela était nécessaire, elle était donc sereine. Elle attendait depuis le 18 septembre. La commissaire était entrée dans le hall et la grande comédie avait commencé. Les citrouilles étaient mûres, bonnes à ramasser. Les premières gelées étaient précoces en haut de sa colline.

Quelle violence et quel chemin chaotique depuis l'été ! Le plus terrible avait certainement été le dernier voyage de Luc. C'était le 1er août. Elles l'avaient emmené dans son 4X4, dans ce coin perdu des Cévennes où il voulait se rendre.

À l'abri de la grange en lauzes, derrière les vantaux frustres, elles avaient détendu et roulé la bâche du pick-up, sorti la brouette d'aluminium qu'Adèle utilisait au jardin et y avait fait glisser le corps emballé dans la vieille housse de planche à voile. Elles avaient jeté dessus le blouson et le sac de Zilch puis, avec ce curieux chargement, elles étaient parties dans le soleil, vers le petit plateau au-delà des crêtes.

Adèle y connaissait les bords dangereux d'un abîme. Leurs amis hippies le leur avaient signalé autrefois alors qu'elle et Luc partaient en randonnée dans sa direction. Avant, les gens du coin jetaient dans ce trou sans fond leurs animaux morts et contaminés. Aucun villageois ne s'était plaint de les retrouver en contrebas. Aucun cours d'eau capricieux ne les avait charriés. Aucune crue ne les avait ressuscités. Ce trou était si profond que les odeurs de charogne n'étaient jamais remontées.

En poussant tant bien que mal leur fardeau sur le sentier, étroit comme deux onglons, elles avaient traversé d'autres morceaux démolis du hameau et s'étaient faufilées entre les pierres dressées des petits cimetières familiaux. Elles avaient pensé un instant y installer leur cadavre, par peur de ne pas retrouver le gouffre et parce que le remorquage les éreintait. C'était si lourd... Après avoir repris souffle et courage, elles s'étaient dit que le sol serait trop coriace. Elles avaient donc poursuivi leur ascension et n'avaient dérangé personne, ni les serpents, ni les âmes huguenotes endormies ici.

Les souvenirs d'Adèle étaient restés précis. Assez facilement, elles avaient découvert la crevasse, bien que sa béance fût en partie cachée sous d'agressives broussailles. Après y avoir jeté le sac à dos et le blouson, et au prix d'efforts violents – l'une et l'autre se sentaient bien fatiguées – elles avaient doucement fait glisser Luc Zilch hors de son linceul de plastique, vers des abysses que ni l'une ni l'autre ne lui souhaitaient trop infernaux. Il était parti dans le noir avec toute leur histoire.

Épilogue

Tous les jours de la vie

Vincent avait poussé son père dans les escaliers du sous-sol. Il avait renvoyé l'ogre à sa nuit. Et puis, on l'avait fait parler… sa mère, sa grand-mère, le psychologue qui le suivait alors. Toutes les paroles avaient décrit sa violence et mis des mots sur cette mort.

Encore aujourd'hui, il en avait besoin. Les Violents Anonymes l'aidaient pour cette partie de lui à laquelle il n'arrivait pas toujours à faire confiance. Cahin-caha, la vie suivait son cours.

Le choix de son métier avait été un défi. Son père, pourtant représentant de l'ordre et de la justice, avait, en toute impunité, détruit l'enfant qu'il était. Vincent avait ressenti une grande incertitude à l'égard des adultes et du monde qu'ils organisaient. Alors, il s'était engagé lui aussi dans la police, mais pour agir, pour devenir un vrai justicier. Il était arrivé ainsi à colmater quelques brèches et à donner de la cohérence à sa vie.

Mais une autre part de lui, plus sombre, plus trouble, obscurcissait ailleurs son présent. Son père n'avait pas survécu à la chute. En revanche, des images enfouies et des impressions délétères s'infiltraient sourdement. La cave avait refermé en son sein une frayeur qui le détruisait. Vincent craignait de perpétuer le cycle et de vivre sous le joug d'une malédiction. Le traumatisme des viols, la perte tellement précoce de son innocence le bloquaient dans son passé, l'empêchant de devenir un adulte à part entière. Il était un peu vivant et un peu mort, asservi par ses hantises et par le fatalisme. Une discipline de samouraï l'aidait, pensait-il, à conjurer ce qu'il croyait être sa destinée. Car il avait peur de ses réactions, peur d'une sexualité qui le faisait culpabiliser, peur d'être tenté de rejouer des situations connues et honnies, mais tintant dans sa mémoire comme des repères.

Ses amours étaient nocives et courtes. À chaque fois, Vincent s'y sentait trop dépendant et ne respectait ni ses propres limites, ni celles de l'autre. Alors il partait, il abandonnait ses femmes, pensant leur porter malheur. L'une d'entre elles, qu'il avait aimée à la folie, avait parlé d'avenir et d'enfants. Il lui avait raconté son drame. Il lui avait dit à quel point il avait peur de lui-même. C'est elle qui s'en était allée, dans le chagrin et le regret.

Souvent Vincent pensait que seule la mort viendrait enfin au secours de sa souffrance.

Les personnages de cette histoire

- Commissaire Pénélope Marge, née Clovis
- Monsieur le Commissaire Divisionnaire Bruno Ovibos
- Inspecteur Vincent Prieur
- Inspecteur François Trignasse
- Inspecteur Pauline Ducasse
- Inspecteur Jean Ravachol
- Inspecteur Jacques Roquette
- Inspecteur Simon Siméoni.
- Brigadier Marie Malataverne.
- Brigadier Pierre Parpaing

- Luc Zilch, artiste plasticien
- Adèle Zilch, née Blondel, autrice de nouvelles pour enfants et artiste plasticienne repentie
- Sacha Zilch, fille d'Adèle et de Luc Zilch, architecte

- Élisabeth Fromanger / Bernadette Fromager, galeriste et compagne de Luc Zilch
- Le père Caillat, homme de confiance de la famille Fromager

- Arlette Bourdieu, restauratrice, maîtresse de Luc Zilch
- Geneviève G., dame de confiance d'Arlette Bourdieu
- Timothée Bourdieu, serveur dans le restaurant de sa mère, fils d'Arlette Bourdieu
- Bae, cuisinier dans le restaurant d'Arlette Bourdieu

- Paul Marge, enseignant en histoire du cinéma, époux de Pénélope Marge

- Ethel Clovis, mère de Pénélope Marge

- Églantine Clovis, enseignante d'arts plastiques, jeune sœur de Pénélope Marge

- Alex A., jeune homme cultivé, zadiste discret et élégant, petit ami d'Églantine Clovis

- Agathe Prieur, mère de Vincent Prieur

- Docteur Ichabod, dentiste de Pénélope Marge

- Pascale P., assistante du docteur Ichabod

- Gilbert, conducteur de chasse-neige dans les Chambaran

numérique
Impression & brochage - France
Numéro d'impression : N22242220199 - Achevé d'imprimer : janvier 2022
IMPRIM'VERT®
Certifié PEFC
Ce produit est issu de forêts gérées durablement et de sources contrôlées
PEFC™
10-31-3532
www.pefc-france.org